COLLECTION FOLIO

Olivier Bourdeaut

Pactum salis

Gallimard

© *Éditions Finitude*, 2018.

Olivier Bourdeaut est né en 1980. Il a longtemps hésité avant de se mettre à écrire, se sentant tout petit devant sa bibliothèque. Son premier roman, *En attendant Bojangles*, a notamment obtenu le prix France Télévisions 2016, le Grand Prix RTL-*Lire* 2016 et le prix du Roman des étudiants France Culture-*Télérama* 2016. *Pactum salis*, son deuxième roman, a paru en 2018.

à Suzon

« Au Palace de La Baule, nous avions l'impression de détonner au milieu de tant de chic et de bon goût. »

    Zelda et F. Scott Fitzgerald

Au dix-septième jour, l'action mêlée d'un ciel vierge de nuage et d'un vent d'est, chaud, constant, puissant, remplissait méthodiquement l'angle des œillets. Bientôt ceux-ci seraient entièrement pleins, recouverts d'une pellicule cristallisée rose, légèrement rose. Déjà, bousculée par le vent, la poussière grise des ladures commençait, par traînées arquées, à souiller les nappes fragiles, cette dentelle naturelle que des siècles d'ouvrages laborieux, patients, forcément patients, avaient façonnée, afin que ce jour-là, au dix-septième, tout se passe comme c'était en train de se passer.

Alentour, une euphorie consciencieuse doublée d'un sentiment d'urgence animait les marais de Batz-sur-Mer. Dix-sept jours venteux, ensoleillés, bouillants et secs, avaient usé et brûlé les corps, réjoui les esprits. Après un mois de juin gris, pluvieux, un mois de juillet capricieux et désespérant, août offrait à ces marais ce pour quoi ils avaient été faits. S'activant autour des miroirs d'eau, cette galerie des glaces horizontale, paludiers et saisonniers alternent leur cueillette, faite de gestes amples et précis, avec une course trottée et périlleuse pour mener leur brouette le long de ces minces couloirs de vase sèche et gercée. Si certains rêveurs inconscients s'autorisent un coup d'œil pour observer les essaims d'oiseaux survolant les plans d'eau ou leurs reflets glacés dans les étiers, les autres savent bien qu'au dix-septième jour une deuxième récolte est possible, probable. Ils ne regardent ni les oiseaux, ni leurs voisins, ils avaient eu juillet et juin pour cela. Ils auraient le reste de l'année pour lever la tête.

Au dix-septième jour, une parcelle de vingt-quatre œillets ne faisait l'objet d'aucune attention. Au bout de l'impasse du marais au Roy, les marais qu'un talus pelé séparait du traict du Croisic avaient fait leur part de travail et attendaient que l'Homme honore la sienne. Mais l'Homme ne venait pas et le blanc rosi se couvrait de gris, le trésor s'encrassait. Au loin, les cloches du Croisic annonçaient dix-huit heures, six tintements lourds, chutant du clocher, roulant comme une escouade du temps qui presse sur le traict, cette langue sableuse désertée chaque jour par l'océan pour devenir une prairie d'algues lézardée de filets d'eau argentés, de monticules de sable humides et scintillants par endroits, secs et dorés pour les plus élevés. Les chevau-légers du temps souverain traversaient plusieurs fois par jour cette prairie de cuivre, de vert-de-gris, d'émeraude, d'or et d'argent pour venir déposer leur mélodie finissante contre le talus de l'impasse du marais au Roy. Selon la force et le sens du vent, cette mélodie s'échouait ou se fracassait sur le talus, mais toujours le carillonnement parvenait aux tympans de celui qui présidait aux destinées de ces marais salants. Une minute précisément après le dernier tintement du Croisic commençait le premier de l'église de Batz-sur-Mer. Celui-ci était parfaitement audible, quels que soient les caprices du vent ; son sens, sa force, importaient peu, son tambour lent et méthodique planait sans tracas et couvrait l'entièreté des marais. Peut-être existe-t-il ailleurs dans le monde un endroit où deux clochers se répondent à une minute d'intervalle pour signifier la même heure. Le même temps. Personne ne doit le savoir, tant mener une telle enquête semble impossible. Cette minute de latence existait à cet endroit-là, c'était un fait. Ou plutôt cette minute n'existait pas. Elle ne pouvait raisonnablement exister. C'est lors de cette minute qu'une promeneuse fit une effrayante découverte, qu'elle annonça par des cris tout aussi effrayants. Aux abords des œillets sis au bout de l'impasse du marais au Roy, d'un plan d'eau colonisé par des cyanobactéries – magma informe et spongieux, plus vieille trace de vie sur terre – sortaient deux pieds, deux pieds sales aux doigts écartés, ou plutôt, pour être plus précis, aux doigts de pieds écarquillés, comme le sont les yeux de ceux qui ont vu leur mort arriver.

Huit jours plus tôt, lorsque la jeune fille d'étage tapa à la porte de la chambre, Michel s'empara du peignoir qu'il enfila rapidement avant d'ouvrir. Tous les soirs depuis un mois, il ne pouvait dissimuler son regard gourmand en la voyant déposer une bouteille de champagne et un ramequin de crudités sur la table du balcon. Il savait bien que ce regard pétillant pouvait passer pour celui d'un ivrogne recevant sa dose et, plusieurs fois, il voulut lui expliquer la véritable raison de son enthousiasme. Il s'abstint pourtant, considérant que les clients d'un tel endroit n'avaient pas à se justifier. Sinon, il lui aurait dit que ces bouteilles n'étaient pas un moyen d'atteindre un but, il lui aurait expliqué qu'elles étaient un aboutissement. D'ailleurs il ne les finissait jamais, il n'aimait pas le champagne plus que ça. Depuis deux jours, il pouvait enfin boire son Bollinger sur le balcon sans enfiler son blouson. Son premier mois à l'Hermitage, le mois de juillet, avait été désastreux, en termes de météo du moins. Mais il avait toujours tenu à écluser ses coupes sur le balcon de sa suite, même si parfois cela avait pu ressembler à de l'acharnement. Il n'avait pas seulement plu, il avait fait froid, très froid. Il y avait eu du vent aussi. Mais aucun de ces éléments contrariants n'avait entamé son enthousiasme. Couvert d'une parka, d'un plaid et parfois d'une écharpe – qu'il avait dû acheter à la boutique du palace – il avait vidé, en frissonnant au début, son breuvage pétillant à température presque ambiante.

— Qui part en vacances à La Baule en juillet avec une écharpe dans ses bagages ? avait-il demandé au garçon de l'accueil en signant la note.

— Ceux qui connaissent les caprices de la météo bauloise, lui avait répondu le garçon avec compassion. Avec le parapluie, c'est notre best-seller depuis trois semaines. On ne vend de la crème solaire qu'aux roux et aux Britanniques, avait-il ajouté en désignant d'un coup de menton discret un couple d'Anglais aux visages rose vif légèrement pelés.

— Quelle injustice, j'aimerais tant avoir des coups de soleil, mais j'ai l'impression que je suis plus blanc aujourd'hui qu'à mon arrivée, avait répondu Michel en se baissant pour regarder son visage bouffi et terne dans le miroir derrière le comptoir.

— Mais non, Monsieur a une mine splendide, avait répondu le garçon en surjouant la politesse professionnelle des palaces. Puis, sourire en biais, il avait ajouté : personne ne bronze la nuit.

Michel s'était demandé si c'était ce garçon-là qui, dès le deuxième jour, l'avait sorti de l'enfer de la porte tournante au petit matin, lorsqu'ivre il s'était retrouvé à genoux en poussant désespérément ce tourniquet qui lui bottait le train quand il s'affalait pour l'avancer. Il s'était demandé si c'était bien le même ou si cette anecdote était devenue une blague que se racontaient les membres du personnel en se croisant dans les couloirs.

Il était hâlé désormais, enfin pas tout à fait, il avait le visage encore légèrement rouge de celui qui s'est exposé déraisonnablement aux premiers rayons. Son bronzage était en cours. À cinq cent quarante euros la nuit, il estimait que c'était bien la moindre des choses. Il aurait pu partir n'importe où à ce tarif-là, n'importe où au soleil du moins. Pourtant, pour aucun astre au monde il ne serait allé ailleurs. C'étaient ses premières vacances depuis le début de sa vie professionnelle, qu'il avait commencée à dix-huit ans au Century 21 de Rezé. Il y avait un peu plus d'une douzaine d'années maintenant. Le visage tourné vers le couchant, les yeux fermés et un sourire large, il avait repensé à sa fierté insigne d'enfiler la veste, jaune pâle et mal coupée, qu'imposait la firme à ses employés du monde entier. À l'époque, il paradait avec cette veste sur le dos, il paradait littéralement, sa démarche n'était pas la même, son port de tête non plus. En y repensant, il ne put refréner un sourire plus large encore : ce qu'il pouvait être ridicule dans cette tenue. Il n'excluait pas d'avoir un jour le même sourire attendri en repensant à lui maintenant : peignoir entrouvert, Ray-Ban sur le nez et les jambes étendues sur la balustrade du balcon. Selon la distance et les lunettes qu'on chausse pour y repenser, les moments de grâce et de ridicule sont souvent interchangeables. Il était tellement fier de cette veste qu'il la portait aussi le week-end. Pas seulement parce qu'il travaillait tous les jours de la semaine, en dehors de toute convention professionnelle et dans le dos de son patron, mais pour ce qu'elle représentait. Un aboutissement. Sa vie était une quête d'aboutissements. Comme tout le monde d'ailleurs, mais il lui semblait que les ambitions qu'il s'était fixées et les efforts que cela lui avait demandés pour les réaliser méritaient une satisfaction supérieure. Il pensait qu'il méritait mieux que ses contemporains. Jadis c'était une veste affreuse et ridicule, désormais c'était une bouteille de champagne fraîche et hors de prix. Sa mère était obligée de voler son blazer en Dacron pour le mettre au pressing. Il faut dire que ses heures de boîtage sept jours sur sept – cette technique américaine de prospection consistant à mailler un territoire en inondant les boîtes aux lettres d'un quartier de prospectus publicitaires pour proposer des estimations gratuites afin de récupérer les biens estimés à la vente – donnaient au jaune une teinte marronnasse, auréolé de blanc crème sous les aisselles, et au tissu une odeur de vestiaire. Il en avait râpé des semelles de mocassins en arpentant le quartier, bravant la pluie, le vent, le froid et parfois la canicule sèche et poussiéreuse de sa zone d'attribution – pâtés de maisons fades comme l'était celle de ses parents. Les mocassins étaient encore là-bas, dans sa chambre d'enfant. Douze paires, toutes trouées au même endroit, toutes achetées quatre-vingt-quinze francs au Leclerc Atout Sud, douze paires en quatre ans. À une semaine près, elles avaient toutes craqué au bout de la même durée d'existence. La constance des produits de mauvaise qualité l'avait toujours épaté. Plus tard un avocat lui avait dit, souliers Weston aux pieds : « Je les ai achetés il y a dix ans et ils sont toujours dans un état remarquable. Vous comprenez, mon petit Michel, je n'ai pas les moyens d'acheter de la mauvaise qualité. » Et malgré l'air prétentieux et condescendant dont le ténor avait assorti cette sentence, le petit Michel qu'il était n'avait pu que lui donner raison. Douze paires à quatre-vingt-quinze francs en quatre ans, c'était toujours plus cher qu'une paire à mille francs en dix ans. S'ajoutait à ce calcul élémentaire la différence, non négligeable, de remplacer le plastique des semelles par un cuir certifié.

Il n'avait pas choisi cet hôtel par hasard. Enfant, c'est au pied de celui-ci qu'il était venu pour la première fois à La Baule en famille. Il n'avait pas choisi sa suite par hasard, enfant c'est à l'ombre du pin courbé qui se trouvait en contrebas de sa fenêtre qu'il avait posé sa serviette offerte par le

Crédit lyonnais. Sa mère refusait qu'il reste au soleil, pour éviter le cancer, « on a déjà assez de problèmes comme ça ! ». Ce jour-là aussi avait été une sorte d'aboutissement. L'aboutissement d'un harcèlement constant auprès de ses parents depuis le début des grandes vacances. Pas seulement pour aller « à la mer » mais pour aller à La Baule. Dans sa classe, Bruno, le fils d'un des quatre notaires de Rezé, allait tous les étés à La Baule, il en revenait toujours bronzé, toujours heureux. Bruno était une sorte de modèle pour lui. Ce n'était pas son ami, on ne se lie pas d'amitié avec un fantasme, on le regarde, l'observe, l'envie, le jalouse, on l'étudie à distance mais on se garde bien de le lui montrer. En se rapprochant de lui il pensait, à l'époque, qu'il n'aurait pas pu dissimuler cette dérangeante fascination. Il trouvait Bruno magnifique avec ses lunettes Lacoste et son appareil dentaire à élastiques, qui lui donnait des airs d'Hannibal Lecter lorsqu'il bâillait. Il avait même été jusqu'à jalouser l'acné que Bruno dissimulait habilement derrière sa mèche blonde. Fils de notaire était pour lui le statut le plus enviable qui soit. Enfin sous celui de Maître, bien évidemment. À ses yeux, cette profession était le symbole le plus abouti de la réussite. S'il avait été assez patient, courageux et surtout intelligent, il aurait choisi cette carrière. Las, son fessier n'était pas adapté à la fréquentation durable des chaises de classe. « Tu as les os du cul pointus », lui disait son père pour justifier sa bougeotte. Son envie de vivre rapidement de son travail, peu compatible avec les années d'étude, et surtout son manque absolu d'intérêt et d'aptitudes pour les examens, l'avaient éloigné de cette situation paradisiaque. Désormais, certains officiers ministériels venaient picorer docilement dans le creux de sa main. Parfois, lui venait l'envie de leur caresser le haut du cou comme on le fait aux gentils toutous qui font preuve d'une parfaite fidélité. Mais il avait encore trop de respect pour la fonction, et sa fierté de déjeuner à leur table ne s'était jamais émoussée. « Appelez-moi Maître », indiquait le pin's de l'un d'entre eux. Il pourrait faire tout ce qu'il voulait, jamais personne ne l'appellerait Maître. Il avait recroisé Bruno plus tard dans un des halls d'exposition de la Beaujoire, à l'occasion d'un salon de l'immobilier. Bruno était un con. Il l'avait probablement toujours été.

Il regardait un groupe de cavaliers profiter de la marée basse en galopant sur le sable encore humide moiré des reflets bleu-orangé du soir finissant, lorsqu'une voix féminine égale et neutre lui annonça son rendez-vous du soir. Il devait dîner avec la propriétaire de l'agence immobilière qui se trouvait en face de l'hôtel. Son tropisme l'aimantant toujours vers les vitrines de ses anciens confrères, il avait poussé la porte de celle-ci après avoir remarqué cette grande blonde à quelques enjambées de la cinquantaine, très bien conservée, au maintien sévère et aux atouts joliment mis en valeur par un chemisier strict, blanc et moulant. Malgré son vœu de ne pas travailler de tout l'été, son inclination professionnelle remporta ce soir-là une victoire qui n'était pas seulement guidée par l'étude des prix au mètre carré du quartier. Il contemplait encore les cavaliers avec envie en déplorant de ne pas avoir le temps d'apprendre à monter. « Un jour j'achèterai un cheval, un jour je prendrai des cours d'équitation », s'était-il promis en sachant qu'il lui faudrait attendre sa retraite, lorsque la voix féminine, avec la même intonation, lui rappela son dîner et l'opportunité d'acheter des fleurs. Il s'empara de son téléphone pour éteindre ce rappel qui pouvait seriner la même chose toutes les dix minutes pendant des heures. Son téléphone était, avec sa comptable, son seul employé. Le moins cher, le plus fiable, à condition, bien sûr, d'être chargé.

Il ne s'était jamais senti l'âme d'un leader, d'un chef de meute, et encore moins d'une assistante sociale et lorsque après deux ans de succès chez Century 21 la firme lui proposa, à vingt ans tout juste, de prendre la direction d'une nouvelle agence, il déclina poliment. Son travail acharné, autistique disaient certains, avait porté ses fruits au-delà de toute espérance. Il réalisait une vente par semaine, parfois plus, et se trouvait parmi les meilleurs vendeurs de l'hexagone, le plus jeune assurément. Mais après deux ans, le regard qu'il portait sur sa société avait négativement évolué, et il ne se voyait pas mener une escouade de requins d'eau douce tapissés de jaune pâle. Son ambition ne devait pas se préoccuper de la réussite des autres, encore moins de la faire prospérer, alors il préféra se mettre à son compte. Il payait donc une comptable au forfait, et son téléphone aussi.

Il s'empara de son porte-cartes et y glissa sa carte d'identité avec toujours le même dépit, pour ne pas dire dégoût. Dès qu'il lisait son prénom, Michael, il frissonnait. Il s'appelait Michael. Ses parents, plus précisément, avaient choisi Michael en raison d'une passion musicale de sa mère et d'un effet de mode. Une vague qui prit son élan un peu avant les années 70, qui atteignit son acmé en 1984, et commençait en 2010 à se retirer définitivement, laissant échouées dans son écume des dizaines de milliers de victimes sur la plage des prénoms ringards. À l'époque de sa naissance, Michael Jackson était en cours de transformation et en pleine explosion, au sens commercial et artistique s'entend, et ses parents avaient cru judicieux d'en faire une sorte de parrain. Il ne leur en voulait pas et, au début, il leur en avait même été reconnaissant. Notamment lorsque la série *K 2000* avait été diffusée. Il en avait même tiré une certaine gloriole dans la cour de récréation et une satisfaction silencieuse mais puissante lorsque, devant son téléviseur, il voyait le bolide s'adresser à Michael en faisant rougir les LED de son capot. Il ressentait le même frisson désormais quand le GPS de sa « Pursche », comme il l'appelait, le saluait en enclenchant le contact. Ce n'est que bien plus tard qu'il avait entrepris d'embourgeoiser son prénom ou du moins d'en élaguer les frusques prolétariennes, de le lisser. Il s'était rapidement rendu compte, en commençant à frayer dans des milieux plus élevés que le sien – ascension d'autant plus aisée qu'il venait du rez-de-chaussée de la société –, que Michael était un prénom guère répandu voire inexistant dans ces strates-là. En levant les yeux vers les cieux de la réussite républicaine, il avait pu constater qu'aucun ministre ne s'était appelé Michael, ni aucun député d'ailleurs. Quant à l'aristocratie, aucun de ses membres n'avait jamais songé à accoler ce prénom à une particule. Michael était un prénom sans passé ni avenir, tout sauf un prénom pour faire carrière, hormis, peut-être, pour percer dans la téléréalité. Il avait donc profité de son installation à Paris pour faire imprimer des cartes de visite avec sa nouvelle identité.

Pour rien au monde il n'aurait pris un taxi, il venait d'acheter une Porsche et même s'il savait qu'il faisait souvent n'importe quoi avec, il préférait prendre ce risque plutôt que d'emprunter la raison, ne serait-ce que dix minutes. Et puis, attendre qu'un voiturier lui avance sa « Pursche » devant le perron de l'hôtel n'avait pas de prix. Ou plutôt si, soixante-seize mille euros et des piécettes.

L'agent immobilier lui avait donné rendez-vous au Nossy Be, un restaurant de plage, et il se demandait si elle voyait autre chose en lui qu'un investisseur potentiel. En y repensant sur la route, il ne s'était pas souvenu d'un comportement autre que professionnel. La rigidité de la négociatrice allait peut-être s'attendrir autour d'un mojito, du moins l'espérait-il, car de son côté le champagne commençait son œuvre. Il s'en rendit compte après avoir, par mégarde, emprunté un des nombreux sens interdits de la station balnéaire. Il était bien décidé à s'enivrer copieusement et, en se garant, il se mit à douter de la pertinence du choix de sa partenaire de beuverie. Comme dans tous les domaines de sa vie, l'ivresse était une activité planifiée. Il n'était jamais ivre par hasard. Il s'accordait deux soirées par mois et les lendemains étaient les seuls jours où il ne travaillait pas. En dehors de ces soirées, il ne buvait rien, et personne, pas même un notaire, ne pouvait le faire changer d'avis. Mais ces soirs-là rien ne pouvait l'arrêter, pas même la décence.

Il entretenait avec l'alcool un rapport particulier. Il n'en aimait pas vraiment le goût et n'en supportait pas la consommation experte et parcimonieuse. Pour lui, le premier verre, c'était comme s'élancer dans un couloir interminable le long duquel les portes donnaient sur une fête foraine, une corrida pour l'effroi, le grand huit pour le vertige, la maison hantée pour se faire peur, un saut en parachute, un circuit de F1, un combat de boxe et souvent un final dégradant dans le tambour d'une machine à laver. D'ailleurs, les lendemains de cuite, il commençait toujours par vérifier ses fonctions motrices et cherchait, légèrement angoissé mais fataliste, l'existence d'hématomes sur son corps engourdi. Le premier soir de sa carrière, il avait accompagné ses collègues au Perroquet bleu, le bar-formica en face de l'agence. Dans ce décor déprimant, il s'était alcoolisé au pastis en parlant immobilier avec son équipe, puis l'équipe partie, en parlant voiture avec le patron, puis le bar fermé, en parlant nanas dans un autre bar avec des inconnus, puis au petit matin en parlant tout seul devant l'agence fermée. Il avait tiré de cette expérience et de la dureté de toute la journée suivante au travail, une morale définitive : soit l'ivresse et la clochardisation, soit la sobriété et la réussite. Depuis le début de ses grandes vacances, il s'était enivré tous les soirs et si les mains s'endurcissent au labeur, le cœur au malheur, le foie et le cerveau s'endurcissent, eux, à l'alcool. Les moments de perte de conscience, de trous noirs, l'instant où il devenait un canard fraîchement décapité déambulant dans une frénésie de mouvements incohérents avant de s'écrouler, intervenaient de plus en plus tard.

Elle avait une petite pochette cartonnée posée sous le coude. Sa tenue était moins sexy que le jour de leur rencontre, sa poitrine n'était plus moulée mais dissimulée sous un pull bouffant. Après l'avoir salué, d'une poignée de main articulée sur un bras bien tendu, elle s'était empressée de baisser les lunettes qui lui servaient de serre-tête pour les mettre au bout de son nez. Avant de s'asseoir, il avait regardé autour de lui, d'un air un peu envieux et désespéré, les tables remplies de bouteilles devant lesquelles des gens aux yeux brillants riaient franchement. Son dîner ne serait certainement pas un repas de retour de mer. Elle commença par l'assommer de questions, non parce qu'elle s'intéressait à lui, mais pour cerner le genre de client qu'il était. Il eut envie de lui répondre qu'il était un client adossé à un gros matelas financier, qui prenait ses décisions très vite et que sa compagnie pouvait la rendre riche, mais il se contenta de répondre avec économie, tout en cherchant du regard le serveur qui lui apporterait un grand verre de n'importe quoi pourvu que ce soit puissant. Elle refusa le mojito qu'il lui proposa pour porter son choix sur un kir royal au cassis tout à fait déprimant. Il se mit à espérer que son foie et son cerveau étaient tendres à l'alcool mais il déchanta vite en constatant qu'elle trempait prudemment ses lèvres dans son verre, dont le niveau ne semblait jamais baisser. Elle commanda une salade César, lui un bol de bulots puis un filet de sole qu'il voulut arroser d'une bouteille de quincy. En désignant son verre de kir au serveur elle lui signala, et à lui aussi, que c'était bien suffisant. Il se rendit aux toilettes pour se dégourdir les jambes et l'esprit et, en patientant devant la porte, il put contempler sur le mur des photos de célébrités qui avaient toutes pour point commun de beaucoup s'amuser. Constater qu'il serait le seul à s'être autant ennuyé dans ce restaurant l'accabla déraisonnablement le temps de revenir à sa table. Le quincy frais à souhait le requinqua. Il prit le parti de s'accommoder de la situation. Il finit par s'engager à aller visiter un immeuble de bureaux à Saint-Nazaire, une villa délabrée mais avec un grand terrain au Pouliguen. Il s'engagea à tout avec d'autant plus de facilité qu'il savait qu'il n'en ferait rien. Il tenta un peu plus tard d'aborder des questions plus personnelles, sans être intimes. Avait-elle des enfants ? Oui un fils qui travaillait avec elle et qui prendrait certainement sa suite. Elle était veuve depuis trois ans, déclara-t-elle dans la foulée, sans qu'il ait eu le besoin de demander sa situation matrimoniale. Il eut envie de lui répondre « donc vous n'avez pas vu de queue depuis cette période-là ? », mais il préféra se taire pour éviter de transformer un dîner pénible en moment humiliant. Il avait en face de lui une femme parfaitement capable de lui envoyer son verre de kir au visage. Et puis il connaissait la réponse. Elle n'en avait pas vu depuis trois ans et probablement n'en verrait-elle jamais d'autre. Pas la sienne en tout cas, qui s'était rétractée au fil du dîner à la manière du dernier bulot desséché reparti vers les cuisines, à jamais inatteignable dans sa coquille. Ce fut à son tour d'aller aux toilettes, il la regarda s'éloigner avec soulagement et commanda pour se réveiller un shooter de vodka glacée. Malgré un cul parfait, Virginie Martin, sur ses talons pointus, hissait haut le pavillon de l'ennui absolu.

Il avait réglé, elle l'avait remercié. Elle était venue à pied, il lui proposa de la raccompagner. Elle faillit refuser, mais un vent frais lui fit accepter. Il conduisit comme un fou, elle hurla comme une folle. Il la déposa au pied de son immeuble, elle l'insulta. Il éclata de rire en démarrant en trombe. Sa soirée pouvait enfin commencer.

Jean s'était levé à 5 heures 45 avec toujours autant de difficulté, peut-être plus. Le à-quoi-bonisme qui avait précédé son sommeil avait alimenté toute la nuit le pessimisme inconscient qui avait précédé son réveil. Ce pessimisme matinal, exacerbé par la mélodie horripilante que son téléphone portable avait choisie pour lui, était avant tout une question de nature et se trouvait ce jour-là assaisonné par la météo piteuse des deux derniers mois. La veille, alors que s'achevait la troisième journée ensoleillée, il avait observé le ciel se couvrir de nuages gris, bas, très sombres par endroits. Il n'avait pas été dépité, ni aigri, il avait même ri tout seul, la tête en l'air et les mains sur les hanches. Il s'était dit, à voix haute, que tout cela était logique. Après trois jours de soleil, les marais commençaient à produire de la fleur de sel, il était donc prévisible qu'un orage détruise tout. Il n'avait d'ailleurs pas envisagé autre chose. Ces nuages l'avaient même rassuré. Il s'était félicité de ne pas s'être réjoui comme les confrères qu'il avait croisés. Il n'avait jamais aimé se vautrer dans les enthousiasmes collectifs. Même s'il lui était arrivé parfois de s'y réfugier, il l'avait toujours regretté, comme lors de la coupe du monde en 1998. Il n'aimait pas le football, qu'était-il allé faire sur les Champs-Élysées ? La collectivité nationale l'indifférait désormais et c'était, entre autres, pour cela qu'il avait choisi ce métier. Comme chaque matin, il avait mis en route la cafetière préparée la veille et il avait écouté ses borborygmes : aspiration d'eau, crachat de vapeur et goutte à goutte. Son regard chassieux se posa mécaniquement au-dessus de la machine, comme chaque matin.

> *« Le paludier aime son rude travail : il ne recule pas devant les grands coups de main, pourvu qu'ils soient interrompus par des repos plus ou moins longs, et les préfère à des efforts moindres, mais continus. Semblable au pêcheur, il restera de longues heures assis au pâle soleil de l'hiver, sans se demander si le temps qu'il dépense ainsi stérilement ne pourrait pas être employé à un travail avantageux. Il peut se plaindre de l'insuffisance du salaire, jamais de la besogne elle-même et apporte à sa tâche héréditaire une fidélité qui devient de plus en plus rare ailleurs. Cependant la vie est dure et parcimonieuse : presque jamais il ne mange de viande ; le matin et le soir, une soupe maigre ; au milieu du jour, des pommes de terre auxquelles viennent s'ajouter la sardine et quelques*

coquillages vulgaires et invendables ; voilà son menu ordinaire. »

Jean connaissait par cœur ce portrait de son métier qui trônait en bonne place sur le mur de sa cuisine, ce qui ne l'empêchait pas de le relire plusieurs fois par jour, comme on relit à chaque passage les règles de bonne conduite humoristiques communément placardées dans les toilettes. Il l'avait trouvé dans un ouvrage datant de 1882 intitulé *Le Sel*, qui surnageait dans un bac de livres d'occasion devant la librairie de l'avenue Lajarige, à La Baule. Il avait détaché la page puis l'avait encadrée dans un cadre sans cadre avant de l'accrocher. Ce feuillet jauni avec ses auréoles de moisissure avait ses vertus : il l'inscrivait dans une continuité. Les familles de ses parents, françaises depuis plusieurs générations, ne s'étaient jamais enracinées dans une région particulière. Elles venaient des six coins de l'hexagone et donnaient l'impression de s'être déplacées sans bagage pendant des générations, pour finir à Paris sans raison apparente. Contrairement aux escargots, leurs parcours n'avaient laissé de traces nulle part. Sa famille était sans accent ni coutume. Sa famille était une photo en couleur.

Pourtant Jean descendait, comme tout le monde, de l'étage du dessus, généalogiquement parlant. Ses propriétaires, communément appelés parents, lui avaient laissé le sentiment d'une cohabitation sans heurt majeur, ni fracas, sans passion non plus. Un père universitaire planétaire, une mère enseignante municipale, formaient les maillons d'une chaîne du savoir bien huilée. À lui l'élaboration de théories, à elle leur diffusion. Jean aurait, du moins au début, voulu que lui échoie le rôle de cobaye. Tel ne fut pas le cas et il resta étranger au tumulte intellectuel qui tourbillonnait dans ce foyer. Enfant, il était trop petit pour entendre le bruit subtil des neurones se frottant entre eux ; adolescent, il était trop sourd ; adulte, il avait perdu patience. Il constatait aux toilettes, dans la pile de revues spécialisées, que son père n'était pas n'importe qui et qu'il ne disait pas n'importe quoi. De son trône, il avait pris l'habitude de suivre le parcours de ce grand homme qu'il retrouvait d'une taille fort modeste une fois quittés les cabinets. Sa mère avait épousé de grandes causes : son mari, dont elle organisait les voyages extérieurs et l'intérieur des valises, et le sauvetage de la planète à laquelle elle prodiguait les premiers soins à partir de son foyer. Ainsi pour préserver l'eau qui ne tarderait pas à manquer selon elle, il ne fallait tirer la chasse d'eau qu'en cas de *matières organiques*, et Jean, dont la chambre jouxtait les toilettes, avait déploré que la préservation de la planète passe par une odeur de sanisette dans le couloir.

Il sortit de sa chaumière pour boire son café, sans lait, sans sucre, et fumer une cigarette ; pour déguster sa tartine de nicotine sur ses lèvres humides après le lapement prudent de son café brûlant. Sentir la fumée du café lui flatter le nez, et celle de la cigarette emplir chaque parcelle de ses poumons, envelopper son cerveau en l'abrutissant légèrement, lui semblait le meilleur moyen de commencer sa journée. Il aurait tellement aimé que cet engourdissement dure toujours. Toutes les autres cigarettes, au fil des heures, n'étaient allumées que dans le but de retrouver cet état-là, en vain. « Toutes les bonnes choses ont une fin », lui disaient souvent ses parents, qui, pour une fois et dans ce cas précis, avaient raison.

Depuis combien de temps n'avait-il pas entendu leur ton professoral ? Cette condescendance mâtinée d'inquiétude qui à chaque contact lui faisait grincer les dents. Un travail manuel pour un fils d'intellectuels, voilà bien un concept qui leur échappait, l'unique peut-être. Ils étaient pourtant les seuls responsables de cette coproduction. Il avait cessé de répondre à leurs appels, ils avaient cessé d'appeler. Ils s'étaient enfin compris.

Écrasé au milieu des causes géantes et dodues de ses parents, Jean avait poussé à l'ombre, privé de l'éclairage qu'offrent aux enfants les rayons de l'attention et de l'affection. Ces carences firent, assez tôt, éclore une mauvaise herbe. Turbulences et insolences se récoltèrent à la pelle sur le lopin en friche de son enfance. Passé la stupéfaction d'avoir mis au monde une graine de voyou, ses parents décidèrent d'opter pour l'indifférence, sans se rendre compte que toutes ces bêtises avaient pour projet de susciter une réaction. Ses parents avaient pratiqué à merveille l'oxymore d'une présence aussi pesante qu'une absence et, lorsqu'il y repensait, Jean se souvenait d'un abandon accompagné qui, à l'époque, le chagrinait beaucoup. Devant l'apathie parentale, Jean rentra dans le rang et se plia à la banalité la plus élémentaire. Il devint un élève moyen, un jeune homme assez effacé, pourvu d'un rôle parfaitement facultatif dans les groupes d'amis à la marge desquels il gravitait. Ses amitiés se trouvaient ailleurs, il les dénichait au cœur du papier jauni à l'odeur appétissante de grenier, fourni par la bibliothèque gargantuesque que ses parents alimentaient plus régulièrement que le frigo. La littérature meubla d'une présence vitale sa solitude.

Ayant offert à sa famille une crise de puberté anticipée, les troubles traditionnels de l'adolescence ne se virent que sur son visage partiellement ocellé et dans les poussées disgracieuses du cartilage de ses excroissances. Plus tard, lorsque la peau se mit au diapason du squelette, Jean devint ce qu'il convient d'appeler un beau garçon. Pressé de s'élancer dans la vie, il prit son élan, comme beaucoup d'autres, et finit par se cogner la tête au fond de l'impasse que représente souvent la faculté. Son feu intérieur, alimenté par les bûches du savoir, ne produisit aucune étincelle à l'extérieur, hormis peut-être dans ses yeux. Mais il n'existait aucun examen ophtalmologique dans la filière qu'il s'était choisie : le droit et son défilé de grandes causes, qui exigeaient qu'on enfile une robe pour les défendre quel que soit son sexe. Il passa justement sa première année à tenter de soulever celles-là pour pouvoir toucher ceux-ci. L'examen de fin d'année fut à l'opposé de son maintien, une débandade. Cet échec ne rapprocha pas les parties en présence, il creusa l'écart, laissant entre eux un gouffre d'incompréhension qui donnait aux conversations familiales une résonance d'échos de plus en plus lointains. Ils ne marchaient déjà plus sur la même montagne depuis très longtemps, ils venaient de changer de massif. Jean accueillit avec soulagement l'offre d'éloignement et accepta pour refuge la chambre de bonne que ses parents lui proposaient de financer.

En levant la tête, il observa un ciel pleinement étoilé. En baissant les yeux, il constata que le sol était sec. Les nuages de la veille n'avaient pas éclaté, ils avaient même disparu. Contrairement à sa mère, il ne redoutait pas une pénurie d'eau mais souffrait d'en voir trop tomber sur son dos.

Son pessimisme avait au moins un mérite, s'était-il dit en roulant sur les routes de Brière : il ne réservait que de bonnes surprises. À la radio, un ravi de la crèche annonçait une météo splendide pour toute la semaine. Il gardait le même ton lorsqu'il annonçait de la pluie. En période de mauvais temps généralisé, il essayait toujours de trouver une pointe de soleil dans un coin paumé et inconnu du territoire pour nous assurer que quelque part se trouvait de l'espoir. À quoi s'attendait-il ? À un exode massif vers cet endroit momentanément privilégié ? Ne savait-il pas, cet exalté, qu'il n'y a rien de plus déprimant quand il pleut que de savoir qu'il y a du soleil ailleurs ? Tous les jours, sous couvert de donner de l'espoir, il accablait les gens trempés. Le type de la météo était un sadique qui s'ignorait. Jean écoutait la radio pour connaître l'heure exacte de disparition du soleil puis les informations. C'était le seul moment qu'il concédait à l'actualité depuis qu'il s'était débarrassé de son téléviseur en le jetant, et d'internet en revendant son ordinateur. Sept petites minutes, un peu plus que le temps d'une cigarette. L'actualité dégueulait son fatras de fausses bonnes nouvelles et de vraies mauvaises nouvelles. La croissance était nulle, mais meilleure qu'au trimestre précédent. La hausse du chômage était contenue, selon le ministre il commençait à diminuer tout en continuant à augmenter. Cette pépite rhétorique avait fait pouffer Jean qui, en collant son torse contre le volant, avait constaté que le ciel était toujours bleu. Cette journée serait peut-être belle, finalement.

Il aimait cette route, ce trajet qui le menait aux marais, ces forêts denses qu'elle traversait, ces champs lisses ou râpés, timidement gondolés de ballots de foin, cette Brière envoûtante qu'il comparait à une petite Louisiane, bien qu'il n'y soit jamais allé. Il aimait tout dans cette région, ne lui trouvant qu'avantages et beautés. Il aimait ce pays comme une fille que l'on veut séduire, en bloc, en détail, et avec ce qu'il faut de cécité pour en gommer les aspérités. Le bloc, c'était la nature, dont son arrondissement parisien de naissance, le dix-huitième, était pauvrement pourvu. Les détails, c'étaient ces calvaires posés en majesté à certains carrefours, qui vous sommaient religieusement et immédiatement de choisir entre un chemin vers rien et une route aux allures de désert. La laïcité et le mauvais goût les avaient remplacés par des ronds-points dont on pouvait faire le tour, pour être vraiment certain, refaire le tour pour admirer la vacuité de ceux qui avaient été en charge de les orner. Avant il fallait choisir, désormais nous étions invités à hésiter. Un soir dans un troquet de Guérande, il avait entendu un pêcheur-philosophe parler de sa ville à des touristes comme d'un immense rond-point médiéval en citant Balzac : Guérande ne mène donc à rien et personne ne vient à elle. « C'est dans *Béatrix*, Honoré l'a écrit ici. Il faut quand même reconnaître que c'est le plus beau rond-point de France. Saviez-vous que notre pays est le champion du monde des ronds-points ? Nos élus ont fleuri notre territoire de 30 000 rotondes en quarante ans ! On détruit des églises et on construit des ronds-points, quel drôle de pays ! Jusqu'à présent la France était la fille aînée de l'Église, dans peu de temps elle sera la fille aînée des ronds-points. Tourner en rond, hésiter, se tromper c'est notre nouvelle religion ! »

Le détail, c'étaient aussi ces chaumines blanches chapeautées de crins bruns, à la fois petites chaumières et bolets géants selon l'humeur de l'observateur, son état d'ébriété ou son degré d'émerveillement. Il était arrivé à Jean, plus d'une fois, d'y voir des bolets géants. Il avait choisi de vivre dans l'une d'entre elles il y avait presque trois ans, après avoir quitté Paris pour suivre une formation de paludier : cette profession à équidistance entre l'agriculture et les métiers marins. Détails encore, ces hameaux aux noms énigmatiques ou poétiques, parfois les deux, agglomérats souvent gracieux de diverses époques ou simples résultats de la division d'une ferme en plusieurs lots. Des écuries, des granges, des étables, rénovées de manière aléatoirement heureuse mais dont les propriétaires avaient tous estimé qu'elles étaient assez remarquables pour les accueillir et les inviter à y créer leur foyer. Le sien s'appelait « Le Pont d'os ». À défaut d'être une appellation vraiment poétique, il pouvait difficilement s'en trouver de plus énigmatique. Il avait tenté, en vain, de faire inscrire le nom du hameau sur sa carte d'identité lors de son renouvellement, mais l'employée de mairie avait aimablement refusé en riant, préférant y inscrire le nom de la route, son numéro et sa commune de rattachement : Saint-Lyphard. Pour Jean, c'était toujours mieux que rue Poulet, Paris 18e.

Il n'avait pourtant pas toujours été malheureux dans la ville Lumierde comme il l'appelait perfidement désormais. Elle fut même le foyer de ses libertés et la première d'entre elles, l'indépendance, se présenta derrière une porte vermoulue. « Bon bah voilà, tu vas être bien ici », lui avait dit sa mère, la tête penchée sous une poutre, tandis que son père piétinait à l'entrée en regardant cette montre qui le démangeait tout le temps. Les Japonais l'attendaient pour une conférence le lendemain. « Bon bah voilà » étaient trois mots précis et assez bien choisis pour conclure leurs dix-huit ans de cohabitation. En déballant son paquetage, Jean réalisa qu'ils avaient oublié la cafetière. Il ne boirait pas de café dans un premier temps. Sur le palier, les toilettes exhalaient le même fumet que chez lui, cette fois-ci il n'était pas question de développement durable mais d'une chasse d'eau dans un état lamentable. Parfois, les grandes causes produisent les mêmes odeurs que la précarité.

Sa chambrette avait des airs de cabine de bateau ; par le vasistas, les nuages, gris tendre, roulaient des formes de mer agitée. Un esprit « grand large » résidait bel et bien au sixième étage de cet immeuble haussmannien. Jean retrouva dans ce réduit l'énergie nécessaire pour s'adonner à sa passion, la rêverie active. Il dressa le bilan, sans nostalgie, d'une vie dont la première étape était dépourvue de relief et d'essoufflement. Ce soir-là, il décida que cette vague de liberté devait lui permettre d'accoster sur les rives d'une vocation, un espace où ses qualités – qu'il ne manquerait pas de découvrir en fouillant dans le miroir de son âme et les poches de sa personnalité – rencontreraient un ordre de mission. L'îlot mit dix ans à présenter le bout de son récif.

Avant la découverte du trésor vocationnel, il comptait bien profiter des atouts que lui offraient un physique séduisant et les avantages d'un foie en excellent état et de poumons encore roses et frais. Il ombra ses traits juvéniles aux reflets de la nuit et exposa ses organes de jouvenceau aux fumées bleutées de Marlboro et aux ressacs de whiskies de mauvaise qualité. L'avenir, pensait-il, pouvait se lire ailleurs que dans le marc de café. La cafetière ne manquerait pas. Ses parents pas plus.

En arrivant à Saillé, Jean fut accueilli par le vol lent d'un couple de hérons qui semblait planer. Peut-être était-ce sa volonté d'idéaliser ce moment qui produisait cette sensation particulière. Les oiseaux, il s'en était rendu compte, prenaient une part importante dans cette nouvelle vie qu'il avait voulu se créer. Jamais il n'aurait imaginé, avant d'arriver dans cette région, pouvoir à ce point s'émerveiller en les observant. Il s'était surpris plusieurs fois à rester plus d'une heure, la tête en l'air. Il lui était arrivé de tenter de les suivre, il avait même couru, une course lente et prudente pour ne pas les perdre de vue, ne pas les effrayer. Les premières fois, sa chasse visuelle terminée, il s'était senti perplexe. L'époque lui semblait loin où, de la fenêtre de sa chambre, il tentait d'abattre avec son pistolet à billes les pigeons débraillés et souffreteux, cette vermine ailée qui polluait les toits et trottoirs de Paris. Il y avait des pigeons ici aussi, un couple de ramiers au plumage bleu-gris s'était même installé dans le sapin le plus proche de la fenêtre de sa cuisine. Ils étaient élégants, le plumage brillant, impeccable et même opulent. Ils étaient discrets, bien élevés, avec cette éducation que n'avaient pas leurs cousins parisiens qui sous prétexte d'une poubelle éventrée n'hésitaient pas à vous imposer un détour. Paris avait rendu les pigeons détestables et son cœur mauvais, entre autres.

Il venait d'arriver sur la route des marais. Comme tous les matins, il pouvait constater qu'il était en retard en observant, à droite et à gauche, les silhouettes de ses collègues arquées sur leur las, cette longue raclette en bois, récoltant leur gros sel. Ce retard ne l'inquiétait jamais, il ralentissait même pour observer ses « confrères » et allumer sa dernière cigarette avant d'arriver. C'était pour lui une sorte de rébellion, une rébellion indolente, une rébellion personnelle et invisible car personne ne le regardait, tout le monde s'en moquait. Il en profitait pour comparer le volume de leurs tas de sel par rapport au sien, même si cette comparaison ne valait rien puisque cela dépendait du nombre d'œillets à récolter. Il menait sa révolution seul et était le seul à pouvoir en mesurer les bienfaits. D'une manière générale, il s'était choisi une cause, l'exode urbain et la déconnexion du tumulte quotidien, sans vouloir rallier personne à sa pancarte, sans l'expliquer à quiconque, sans prosélytisme, ni tribune. Et c'était très bien ainsi.

Comme chaque jour, le simple fait d'activer son clignotant avant de tourner dans l'impasse du marais au Roy le submergea de fatigue. Il se rapprochait de sa tâche. Chaque jour c'était le même cirque, il mettait cela sur le compte de la surdose de nicotine matinale mais il savait bien que cette flemme soudaine venait de plus loin. Il n'avait jamais eu un amour débordant pour l'effort et s'était pourtant choisi un métier qui en nécessitait énormément, il s'était même battu pour le pratiquer. Cet accablement ne durait que le temps de rouler sur ce court chemin aléatoirement goudronné et parfaitement cabossé entre les pins, de dépasser cette Salorge qu'il rêvait d'acheter un jour. Était-ce cet objectif qui le requinquait ? Ou le simple fait de traverser la voie ferrée et d'apercevoir ses marais, sa propriété, ce rêve éveillé né d'une insomnie devant sa télévision trois ans auparavant ? Ou bien, finalement, de constater qu'il avait transformé un reportage de France 3 en paysage réel, en odeur de terre salée, d'air sur-iodé, en œillets, ce mot fleuri qui désigne ces bassins rectangulaires qui étaient devenus son obsession et son gagne-pain ? Il s'était souvent demandé si l'origine de cette appellation avait un quelconque rapport avec la fleur ; son romantisme ensommeillé avait voulu le croire. Ne partageaient-ils pas les mêmes couleurs ? Le rouge, le rose et le blanc. Si ses marais étaient bien plus beaux que ceux du reportage, ce n'était pas grâce à lui mais grâce à leur emplacement.

Lorsqu'il était venu la première fois, il s'était arrêté après la voie ferrée pour voir s'étendre devant lui un terre-plein coupé par un chemin légèrement en pente. À sa gauche, se trouvait un canal vide et vaseux et à sa droite vingt-quatre œillets en friche qui l'avaient remarquablement angoissé. Un talus séparait ces œillets d'un nouveau terre-plein sur lequel s'étendaient deux loties, de vingt-quatre œillets chacune, dans un état plus déplorable encore que la première. Mais son effroi avait été immédiatement absorbé par le panorama. Derrière un remblai massif, que sa position élevée lui permettait de surplomber, figurait le spectacle de l'océan retiré auquel un soleil franc et un ciel vierge offraient mille scintillements bleutés. À gauche, sortant des brumes de chaleur, le clocher de l'église du Croisic était la seule construction qui se révélait avec netteté, la ville, elle, se laissait deviner, géométrie granitique grise et brouillée. Au loin, après l'océan, le port de La Turballe. Cette bande de terre, de continent, avait son importance. Lui dont la fenêtre de sa chambre d'enfant donnait sur Paris, ses toits, ses reliefs, un ciel meublé, était angoissé par la vue d'une mer ne s'arrêtant que sur une ligne d'horizon. Il n'avait pas l'imagination nécessaire pour convertir en voyages et périples, en découvertes et civilisations, cette feuille blanche et vertigineuse qu'est la contemplation des flots. Là, derrière cet océan, à vue d'œil, se trouvaient une ville, un port, du mouvement, qui comblaient parfaitement son esprit d'aventurier modéré.

Les coudes sur le volant, roulant lentement sur le chemin cahoteux qui donnait à son automobile une allure chaloupée, il aperçut une voiture rouge garée à côté de son tas de sel. Un véhicule garé à l'emplacement du sien. Il se redressa, sans accélérer, pour tenter de trouver alentour le propriétaire de cette verrue mécanique qui défigurait son lieu de travail et troublait ses habitudes. Hormis un héron cendré barbotant dans la vase, il ne décela aucun mouvement. Il s'agissait d'une voiture basse aux formes arrondies, « une sportive probablement », se dit-il à voix haute pour apprécier l'audace de son jugement – lui qui n'y connaissait absolument rien aux autos et dont la sienne comportait des amas mousseux sur les contours de fenêtres. La portière, côté conducteur, était grande ouverte et les phares allumés. La Porsche était vide, son autoradio scandait, à un volume convenable, une musique électronique aussi incongrue qu'anachronique dans ce lieu qu'il rêvait encore moyenâgeux. Son humeur passa d'une curiosité préoccupée à un agacement contrôlé. Il voulut s'allumer une cigarette. Mais alors qu'il inspirait lentement pour se calmer, il remarqua dans l'air une légère odeur d'essence et constata qu'il pataugeait dans une flaque boueuse qui s'alimentait au cul de l'automobile. La plaque d'immatriculation était parisienne. Sa cigarette se cassa lorsqu'il voulut la remettre dans le paquet qu'elle venait de quitter. « Bordel de merde », chuchota-t-il avant de se mettre à ricaner nerveusement en regardant autour de lui. « Bordel de merde », répéta-t-il en regardant sa montre avant d'appliquer ses mains sur son visage puis de les laisser glisser en tirant ses traits vers le bas. Son reflet monstrueux dans la lunette arrière l'effraya tant il traduisait avec justesse l'état de son âme.

Il était là. Allongé, appuyé contre la bâche recouvrant son tas de sel, recroquevillé sur le côté. Il était là, une main posée à plat sur un œil pour maintenir un semblant d'obscurité, se protéger du soleil qui commençait déjà à frapper durement, à illuminer violemment les marais. Il restait élégant malgré ses vêtements chiffonnés et les traces de terre sur son front et sa joue, il s'était sans doute tourné et retourné dans son sommeil. Il avait les pieds nus dans ses mocassins, preuve d'un certain goût. Un filet de salive servait de pont-levis entre la commissure de ses lèvres et un accroc dans le plastique de la bâche abîmée. Il bavait sur son sel. Il grognait, des grognements que Jean imaginait satisfaits puisqu'il souriait légèrement. Il devait avoir sensiblement son âge, la trentaine. Il ronflait, des ronflements décomplexés. Il empestait l'alcool, il sentait l'ivrogne. Mais c'est une autre odeur qui fit sortir Jean de ses gonds. Une odeur de pisse, une odeur de pisse fermentée et chaude.

À côté du dormeur, dans les plis et les creux de la bâche, croupissaient des flaques d'urine au-dessus desquelles les points d'impact du jet avaient séché. L'urine avait nettoyé le plastique de sa terre. Il avait dû pisser en sifflotant content de lui, satisfait de se vider la vessie après une belle soirée. Jean déplora furieusement qu'il se soit vidé aux endroits où la bâche était trouée. Ce type avait pissé sur son gros sel. Ce gros porc avait pissé sur son travail.

Il marcha d'un pas rapide vers la cabane qui lui servait de bureau, fit voltiger une cagette d'un violent coup de pied et empoigna sa plus grosse pelle. Il la prit bien en main, retourna vers le mulon de sel, puis souleva l'outil doucement, presque cérémonieusement. Il pensait déjà au choc que provoquerait l'impact. Il voyait déjà la tête s'enfoncer progressivement, par à-coups, dans le gros sel pour finir par disparaître écrasée et aplatie. Il imaginait le sang se diffuser lentement dans les cristaux gris tandis que le sel commencerait à ronger les débris de chairs. Puis il vit son ombre allongée, étirée et immense. Il vit dans le prolongement de sa silhouette la pelle dressée que le soleil dessinait sur le sol comme une hache gigantesque et barbare. À ses pieds, l'inconnu se retourna brusquement, sans se réveiller mais en se vautrant dans son urine comme un goret. Jean descendit son arme par crans, en soufflant longuement, en frissonnant. Était-ce sa lâcheté ou ce qu'il avait failli faire qui le faisait frémir ? Il avait tellement bien imaginé la scène qu'il s'attarda sur le visage de l'inconnu pour s'assurer qu'il était intact. Puis, fouetté par une nouvelle éruption nerveuse, il se dirigea vers la Porsche, leva la pelle, s'arqua en arrière, et la propulsa vers le capot. Le tranchant d'acier s'arrêta net à cinq centimètres de la carrosserie. Non, finalement. Son inconscient avait décidé pour lui qu'il ne méritait ni la prison, ni de verser des dommages et intérêts faramineux pour cet homme. L'inconnu dormait toujours, indifférent au procès fulgurant qui venait de le condamner à la décapitation. L'indésirable dormait toujours, peu reconnaissant de la grâce tout aussi fulgurante dont il venait de bénéficier.

Jean s'éloigna un peu, redressa la cagette et s'assit dessus pour fumer une cigarette face aux marais et dos à l'inconnu. Il regarda sa montre. Tous ces événements avaient duré moins de vingt minutes. Il y avait précisément dix-sept minutes qu'il avait aperçu la voiture au loin. Pourtant, il lui semblait avoir mené une guerre interminable. Il se sentait physiquement et moralement accablé, il souffla longuement puis fuma nerveusement. Il n'était pas si en retard que ça. En se levant, Jean empoigna sa pelle et retourna vers l'inconnu, dégagea les galets qui maintenaient la bâche au sol en cas d'intempéries, il la rabattit ensuite sur le corps inerte et reposa les galets pour enfermer l'inconnu avec son urine, pour l'étouffer, le faire mariner. Puis il s'empara de sa brouette, jeta sa pelle dedans, et se mit à marcher rapidement sur les ladures, avec agilité, presque avec légèreté, pour enfin commencer sa récolte. Sa journée pouvait encore être sauvée.

Avec une vivacité folle et des gestes précis, il ramenait le gros sel vers lui. Il s'étonnait d'être aussi efficace. Le meurtre qu'il avait presque commis, ou plus justement sa non-exécution, lui donnait une énergie quasi surhumaine. Tandis qu'il évacuait sa tension par ce travail de force, il prenait le temps entre chaque mouvement de regarder autour de lui. Il regardait le calme plus qu'il ne l'écoutait. Ce calme fait de plans d'eau lisses dépourvus de ridules malgré le vent puissant et chaud, le vent haut. Le calme et sa géométrie paisible. Le calme de ces longues herbes inclinées, brouillonnes et emmêlées, qui dansaient silencieusement sur les remblais. Le calme de ces vols d'oiseaux aux battements d'ailes muets. Jamais il n'avait trouvé ses marais aussi paisibles, aussi beaux. Puis, il lançait son las, ramenait en mouvements circulaires des ourlets de cristaux rosés qui se gonflaient et s'étoffaient en se rapprochant du bord. Il laissait derrière lui ces monticules de gros sel sécher et blanchir et s'attaquait méthodiquement à l'œillet suivant. Et ainsi de suite. Il accomplit ce matin-là avec plaisir, plus que d'habitude si tant est que ce soit possible, le travail qu'il s'était choisi. La première lotie achevée, il regarda sa montre. Non seulement il avait rattrapé son premier retard, ce retard traditionnel, ce retard rebelle qu'il mettait en scène pour en être son seul acteur et spectateur, mais il avait aussi comblé le second retard. L'imprévu de l'inconnu.

Sa drôle de nature l'incitait toujours, lorsqu'il avait pris de l'avance, à ne pas en profiter pour finir plus vite mais au contraire à laisser le temps le rattraper. Comme s'il ne supportait pas d'être en avance. Il aurait fait un très mauvais sportif, se disait-il souvent. Il s'alluma donc une cigarette, qu'il fuma lentement en observant le bourrelet sous la bâche. Combien de temps allait-il tenir dans cette étuve puante ? L'inconnu devait être immensément imbibé pour continuer à dormir dans sa tombe de plastique noir, écrasée par le soleil de midi. Il commença à craindre que cet abruti se soit vraiment étouffé lorsqu'il vit la bosse s'agiter doucement, puis plus brutalement. Il fit tomber la braise de sa cigarette, l'éteignit, puis mit le mégot dans sa petite poche et s'alluma une nouvelle Marlboro pour savourer la scène du zombie sortant de son caveau funéraire pour hanter les marais. La scène lui fit penser à une échographie. Voici le pied qui s'agite. Voilà la main qui gesticule. Regardez cette boule qui cogne contre la paroi du ventre, c'est sa tête. Le bourrelet s'étirait, gonflait, se déformait sous les tâtonnements du poupon. Ce spectacle le fit rire doucement, il riait du nez en recrachant sa fumée. Le bébé commençait à sortir et, déjà, il étrennait ses petits poumons en hurlant comme un dément. « Que l'air doit être bon », remarqua Jean en souriant. C'était tout de même plus drôle qu'une décapitation.

Le visage de bébé était cramoisi, l'accouchement était pénible, il n'était pas totalement sorti, il lui fallait extraire ses jambes. Dans un sursaut d'une force incroyable il propulsa la bâche et le mouvement fit rouler les galets sur le côté. Bébé était visqueux mais heureux, en tout cas soulagé puisqu'il gazouillait en haletant. Décidément cette naissance valait toutes les morts. L'inconnu rampait désormais et sa réaction fut aussi prévisible que celle d'un moineau devant un bol de graines : il se traîna vers le premier plan d'eau pour y plonger sa tête et porter à ses lèvres le divin liquide. Jamais il n'aurait pu choisir eau plus salée. Bébé se désaltérait gaiement en buvant un bol de sel. Non décidément, bébé n'était pas né le bon jour, ni sous les bons cieux. Il tirait la langue pour la gratter avec ses ongles. Il tentait de cracher le galet qui pétrifiait sa bouche. Jean s'étonna qu'il ne l'ait pas encore remarqué. Mais non, bébé allait à la découverte de son corps, il s'auscultait, se palpait, fouillait nerveusement ses poches. « Les nouveau-nés sont de gros égocentriques, ils ne se préoccupent que d'eux-mêmes », déplora Jean. Ce spectacle était un don des cieux, ce que l'humain faisait de mieux en matière de comique grotesque, et Jean n'en ratait pas une miette avec un jeu de sourcils sans cesse renouvelé. Sans même regarder dans sa direction, l'inconnu tituba jusqu'à sa voiture. Après les hennissements désespérants et vains de sa Porsche, l'homme à bout de ressources laissa exploser sa fureur en tapant comme un fou sur le volant, entraînant une symphonie désordonnée de coups de klaxon. Ce n'est qu'en sortant de son véhicule qu'il entreprit d'explorer visuellement l'enfer dans lequel il s'était échoué. Il vit enfin Jean, qui se redressa comme on le fait au cinéma lorsque le générique commence à défiler.

L'inconnu voulut le rejoindre rapidement, mais sa course s'arrêta quelques secondes devant le labyrinthe que représentait le dédale de digues au milieu des œillets. Il se lança, sautant maladroitement de ladure en ladure. Il était tellement concentré sur ses sautillements qu'il ne vit pas que sa trajectoire l'écartait de son but. Il dérivait, concentré, il partait ailleurs. Puis, en s'arrêtant pour se situer, il prit conscience de son éloignement. Alors, excédé, mettant sa prudence de côté, il fit le pas fatal, enfonçant son pied dans la vase jusqu'au genou. Jean l'entendit pleurer de rage, ou peut-être était-ce de désespoir. Le vent repoussait ses pleurnicheries, emportant la nature de son chagrin vers l'océan. Ils étaient à une cinquantaine de mètres l'un de l'autre. L'homme retira son pied de la vase en y laissant son mocassin. Après avoir lancé un regard vers Jean, il s'agenouilla puis plongea son bras dans la vasière. Sa chaussure empoignée et fêtée par un grognement de satisfaction assez puissant, il chercha à prendre appui pour se redresser mais, n'ayant pu atteindre la ladure, il posa son autre main dans la vase. « Ce charlot pousse le ridicule à son paroxysme », déplora Jean, non sans une certaine satisfaction. Ce qui devait arriver arriva.

Le premier bras englouti jusqu'au coude dans la boue, l'homme s'appuya sur le deuxième qui s'enfonça doucement lui aussi. Il était à genoux et son tronc se rapprochait inexorablement du sol. Il hurlait d'une voix pâteuse. « Cet imbécile va se tuer tout seul, il va le faire », s'amusa le paludier en se dirigeant rapidement vers l'inconnu dont la bouche s'apprêtait à embrasser la vasière. Arrivé près de lui, il l'empoigna par le col et le tira brusquement, mais il ne remonta pas comme prévu, ce sont les boutons de sa chemise qui sautèrent un par un. Jean se saisit alors de sa tignasse d'une main et d'une épaule de l'autre et tira violemment. Un hurlement terrifiant accompagna le bruit flasque d'expiration de la vase. L'inconnu était à ses pieds, à genoux, les épaules secouées de sanglots. La bouche pétrifiée par la peur, le sel, la sécheresse d'une ivresse non digérée et la gorge choquée par la strangulation du sauvetage rendaient ses propos incompréhensibles, pâteux. Jean se dirigea vers sa cabane, sans dire un mot, laissant derrière lui le corps recroquevillé et hoquetant. Lorsqu'il revint quelques minutes plus tard pour lui tendre de l'eau, il vit sur le visage qui s'arrosait, s'inondait même, les yeux haineux de celui qu'il venait de sauver d'une mort probable. L'inconnu vida la bouteille jusqu'à sa dernière goutte. Puis, en se redressant avec une vivacité imprévisible, il colla sa tête contre celle de Jean, en éructant depuis les tréfonds de sa gorge aux relents d'égout :

— Mais putain de crétin, t'as failli me laisser

crever ! T'as failli me laisser crever, répéta-t-il plusieurs fois en détachant les syllabes.

— Non, je vous ai sauvé d'un merdier dans lequel vous vous étiez foutu tout seul, répondit Jean d'une voix ferme.

— Non, non, non, t'as failli me laisser crever dans ce bassin de merde ! Tu aurais pu venir bien avant, je t'ai attendu quand je m'enfonçais, je t'ai attendu une putain d'éternité !

— Je vous ai sauvé, c'est tout ce que je sais. Sans moi, vous seriez peut-être mort en ce moment, au lieu de ça vous m'insultez. C'est tout ce que je vois, déclara Jean froidement.

— Oui c'est vrai, mais pourquoi t'es pas venu avant ? J'ai failli y passer, j'ai *vraiment* failli y passer ! Pourquoi t'as attendu autant ? lui répondit Michel en baissant d'un ton.

— Dès que j'ai vu que vous aviez besoin de moi, je suis venu. Vous êtes sain et sauf, non ?

— Oui, oui, c'est vrai ! Oui, c'est vrai, excuse-moi ! Merci, je suis désolé, mais je vis un enfer depuis que je me suis réveillé, un enfer ! dit Michel en regardant autour de lui et en opérant un changement de ton radical.

— De rien, c'est normal, lui répondit Jean légèrement embarrassé.

— Merci, merci beaucoup, je suis désolé de ma réaction mais j'ai du mal à réaliser ce que je viens de vivre, c'est un cauchemar ! Un *vrai* cauchemar ! Je me suis réveillé enroulé dans cette putain de bâche, sans air, dans une odeur de pisse insoutenable et une chaleur infernale.

C'était l'enfer là-dedans ! Il faut retrouver les gens qui ont fait ça, absolument ! Il faut retrouver les malades qui m'ont enfermé dans cette putain de bâche ! Vous n'avez rien vu ? Vous pourriez m'aider à les retrouver ? demanda Michel, qui était passé d'un tutoiement menaçant à un vouvoiement complice.

— C'est moi, répondit Jean sobrement.

— Quoi c'est vous ? C'est vous quoi ?

Michel, stupéfait, perdit l'assurance qu'il venait de regagner.

— C'est moi qui vous ai recouvert de la bâche.

— Quoi ? Je ne comprends pas là ! Ne me dites pas que c'est vous ! Je n'y crois pas !

— Je vous ai recouvert avec la bâche il y a quatre heures, puis j'ai mis des galets, affirma Jean d'un ton péremptoire.

— Mais... mais putain c'est quoi votre problème ? Mais vous êtes qui ? Mais c'est un cauchemar, le cauchemar continue ! C'est quoi votre putain de problème, c'est quoi cette MEEERRRR-DDDEEE ! hurla Michel crescendo.

— Vous avez pissé sur mon travail, déclara Jean sans quitter son regard.

— Quoi ?! Quel travail ?! Pissé sur quoi ? Hein, quel travail ? fit Michel les bras écartés en tournant légèrement sur lui-même pour désigner les marais. Quel travail ? Mais pauvre plouc, on ne t'a jamais dit que jouer avec une brouette, une pelle et un râteau c'est plus de ton âge. Ce n'est pas un boulot, c'est même plus un loisir de prolo !

— Imaginez seulement que vous arriviez dans votre bureau un matin et que vous y trouviez un ivrogne qui bave sur vos dossiers après avoir pissé sur votre ordinateur...

— Mais ça n'a rien à voir ! Et puis je le dégage de mon bureau ou j'appelle les flics, mais je n'essaie pas de le tuer !

— C'est moi la police ici ! répliqua Jean d'un ton martial, en regrettant aussitôt le ridicule de sa déclaration.

— Ah mais c'est donc ça, t'es le shérif ! T'es une sorte de malade mental qui joue aux cowboys et aux Indiens ! Toi pas toucher bétail à moi, sinon moi scalper toi ! Mais je... c'est moi qui vais te scalper, le défia Michel, le poing levé.

— Tssss, tssss, tssss... fit calmement Jean en s'emparant de la pelle.

— Tu vas me tuer à coups de pelle maintenant ? demanda Michel avec aplomb, tandis qu'il reculait tout de même d'un pas.

— Maintenant vous allez faire demi-tour, vous allez quitter mon aire de jeux, vous allez rentrer chez vous, ou je ne sais où, je m'en fous, et puis vous viendrez récupérer votre voiture avant la nuit, sinon je la brûle, je la fais exploser, je la transforme en paillettes votre voiture d'opérette.

— Mais vous êtes un grand malade, un cinglé de première classe, c'est le sel qui doit vous ronger les neurones, faut que vous preniez du repos, faut vous faire interner, faut mettre des barreaux entre le monde et vous ! Je viendrai rechercher ma voiture quand je pourrai, de toute manière je ne crois pas une seconde à vos menaces.

— Je vous ai bien fait cuire à l'étouffée dans votre urine, ne me sous-estimez pas. Ne faites pas cette erreur. Le soleil se couche à vingt et une heures et sept minutes exactement. À vingt et une heures huit : BOUM la voiture.

— Enfoiré de cinglé, chuchota Michel en faisant demi-tour.

Puis, se retournant, il hurla le poing levé : « Ne touche pas à ma caisse ! Sinon je te pends haut et court, comme ça tu vois ! » Et il s'empoigna la gorge. « Je te pends comme dans un putain de western ! »

Mais Jean ne le vit pas simuler son autostrangulation, il se dirigeait vers sa prochaine lotie, la pelle sur l'épaule.

Après avoir retiré les clefs de sa voiture et pris son téléphone dans la boîte à gants, Michel la ferma puis se mit à marcher vers la sortie des marais. Il ne se souvenait pas être venu la nuit précédente. La dernière image qu'il avait était celle de la côte sauvage, de la route qui la longeait, sur laquelle il avait conduit déraisonnablement, heureux de prendre des risques, poussé par le rythme diabolique d'un morceau de Vitalic. Puis après plus rien. Avant, en revanche, sa mémoire lui restituait des images de foule, une sensation de chaleur asphyxiante, de bar bondé, de shooters enflammés et caramélisés sur un bar, d'une lolita au t-shirt humide et aux cheveux collés sur le front. Une jeune fille au pair qui arrivait de Londres pour garder des enfants et enjôler les grands avec son accent charmant, les envoûter avec ses tétons dardés. Il lui avait offert du champagne, ils s'étaient regardés en souriant, un sourire qui prenait son désir aux mêmes sources. Ils avaient beuglé pour faire connaissance. Elle était partie aux toilettes et Michel s'était retrouvé presque malgré lui avec une autre créature dans les bras. Une fille qui dansait avec une amie s'était retournée et l'avait embrassé naturellement, sans autre processus de séduction qu'un éclat de rire et l'élan dansant qui l'avait propulsée vers lui. La brune au t-shirt humide était revenue à ce moment-là, elle était allée chercher sa veste sur un tabouret et avait quitté le bar sans un regard. La danseuse était repartie valser avec sa copine sans manifester d'autre envie que le baiser qui venait de s'achever. Il avait perdu les deux. Il avait commandé deux shooters qu'il avait bus en leur honneur et il avait quitté ce bar avant de rater une troisième occasion de se ridiculiser.

Ce n'était pas son soir, avait-il constaté, un constat sans désespoir. Son hôtel se trouvait à moins de cinq minutes en voiture et pourtant il s'était perdu dans les allées boisées. Il avait pesté contre les sens interdits dépourvus de sens logique et s'était retrouvé roulant en direction du Croisic. Puis il s'était félicité de s'être égaré, il avait même fêté cet égarement en accélérant sur la route longeant le littoral sauvage. Cet océan pétrole, nacré de doré par un croissant de lune parfaitement dessiné, un croissant de lune de conte d'enfant, un océan calme, impérial, que dominaient des falaises de rochers cotonneux, cette route surtout, splendide serpent ondulant le long de la côte, serpent dont la tête se trouvait toujours au détour du virage suivant. C'était à la poursuite de la tête du reptile qu'il avait lancé sa Pursche. Sa chasse s'était évanouie dans la montée soudaine des alcools forts dont il s'était imbibé.

Il venait de quitter les marais et se trouvait à la frontière tracée par la voie ferrée. C'était là que sa voiture avait dû s'accrocher et s'abîmer, en passant sur ces grosses traverses, avait-il pensé en cherchant des traces d'huile et de frottements récents sur les rails.

Il était tellement soulagé de quitter cet enfer qu'il ne fit pas attention à sa dégaine. Un pied nu et boueux concluait une jambe vaseuse enrobée de lin chiffonné et crotté. Une chemise dépenaillée et terreuse supportait, avec une certaine cohérence, une tête surréaliste. Son visage était marbré par le sel séché, veiné par des stries de vase gris bleuté délavées par les trombes d'eau claire dont il s'était aspergé. Une tête statufiée s'accommodant d'une chevelure hirsute, figée par les soins d'un shampooing fait de glaise et de gros sel. C'est dans cet état-là qu'il fit son apparition sur la plage Valentin, en face de l'impasse du marais au Roy.

Assis de biais dans sa guimbarde, les coudes sur les genoux, la porte ouverte sur ses marais, Jean achevait sa boîte de thon dans un silence absolu. À ses débuts, il avait ressenti le besoin de mettre de la musique pour briser le silence qui l'entourait, pour accompagner ses gestes aussi. Il lui semblait que les tâches étaient moins pénibles ainsi, elles lui paraissaient plus courtes. Il avait conservé cette habitude pendant plus d'un an. Les premières notes de *Summertime* de Louis Armstrong et Ella Fitzgerald précédaient avec grandiloquence, et un certain panache, l'ouverture de sa première bière. Assis sur ses talons, il fumait une cigarette en regardant les miroirs givrés de rose pâle, cette hostie du paludier qu'il s'apprêtait à rompre en communion avec les moines de l'abbaye de Landévennec qui, plus de mille ans avant lui, avaient façonné les marais qui le faisaient vivre aujourd'hui. *House of Cards* de Radiohead, par exemple, ses rythmes lents et planants accompagnaient avec précision la cueillette de la fleur et sa chorégraphie en apesanteur. *Petite fleur* de Sidney Bechet était le générique idéal pour conclure sa journée quand il rangeait son matériel.

Il était assez grand désormais pour affronter le silence et la solitude. Il n'avait plus besoin de boire pour se donner du courage et affronter sa tâche. Mais l'ivresse était une compagne à laquelle il pensait souvent. Il lui arrivait de lui rendre visite sur un coup de tête, une contrariété. Il suffisait parfois d'un vent tiède, d'un coucher de soleil orange, d'un air entraînant débordant d'une terrasse de café, d'une envie de compagnie, de brouhaha. Une envie de parler tout simplement.

Étonnamment, l'ivrogne qu'il avait trouvé sur son mulon, ce gisant décadent et malodorant, ne lui avait pas rappelé de mauvais souvenirs. Même si le résultat était affligeant, il imaginait que son visiteur avait vécu des aventures de haute volée avant d'arriver ici et de s'échouer ainsi. Jean avait une certaine tendresse à l'égard des ivrognes. C'était le roi d'entre eux qui lui avait ouvert les yeux sur le monde d'aveugles omniscients des nuits de Paris, à l'époque où il avait pris ses quartiers dans sa chambre de bonne.

À tout moment du jour et de la nuit, le couloir exigu véhiculait des roulements lourds, lents et désynchronisés. Le jour, ces bruits lui faisaient relever la tête de son livre, la nuit ils le réveillaient. La petitesse de son habitat ne l'incitait pas à la curiosité. Le simple fait d'entendre les pas s'approcher mettait déjà à mal son sens de la propriété. Alors, imaginer un étranger si proche, derrière son mur, au chevet de son lit, lui donnait l'impression de ne pas être chez lui, chez lui. Hormis ces grondements, le silence régnait et étendait la superficie de sa chambre à tout l'étage. Le silence le rendait propriétaire des lieux. Jean ne voulait pas être mêlé à des sympathies de palier, il voulait rester le plus longtemps possible le discret voisin des combles. Il avait apprivoisé les douze mètres carrés de sa location et s'y sentait bien. Mais il y avait ce boucan. Il y avait cet intrus. Jean commença à coller son oreille à la porte, son œil à la serrure. Il ne voyait rien, les bruits s'arrêtaient au début du couloir. Il n'entendait qu'une bouche qui ahane, un nez qui renifle, une gorge qui expectore et, parfois, expulse des ricanements de satisfaction. Auparavant, il y avait toujours ce tintamarre qui montait vers lui, comme un assaut de hussards aux yeux bandés, puis un claquement de porte et un effondrement. Il lui apparut rapidement qu'ils n'étaient que deux à se partager l'ancien étage des domestiques.

Un mois s'écoula avant qu'au petit matin encore noir, à la faveur d'une dégustation de kebab, Jean ne rencontre l'auteur de ces transhumances pachydermiques à l'angle de sa rue. Devant le comptoir, un garçon grand et épais, les cheveux mi-longs, attifé d'un patchwork de vêtements du siècle dernier et peut-être du siècle à venir, exigeait qu'on retirât la sauce blanche de son casse-croûte au profit d'une mayonnaise qu'il semblait avoir demandée. Il s'exprimait dans un français épatant, qui convenait parfaitement à sa redingote corbeau bleuté, et usait d'une politesse aussi brillante et pointue que ses souliers couleur écureuil. Une fermeté implacable accompagnait néanmoins sa requête, ce qui commençait à agacer la file d'attente et le responsable de la sandwicherie. « Je vous prie de bien vouloir m'excuser, mais si je cède sur la sauce de mon sandwich, ce qui constitue une de mes dernières prérogatives, ayant abandonné toutes les autres, ainsi que ma dignité, au fond des bouteilles du quartier, je ne pourrai plus me regarder en face. Je viens souvent ici pourtant, vous connaissez mes goûts en termes de sauce, offrez-moi les faveurs de ma fidélité... s'il vous plaît... » Ce à quoi le patron répondit en riant : « Tu fais chier tout le monde, Henri, tu changes de sauce à chaque fois. T'enflamme pas, on va te refaire un sandwich, quelqu'un est intéressé par un kebab sauce blanche ? » Le Henri en question se retourna vers la queue, avec le grand sourire satisfait des petites victoires éthyliques. Les yeux mi-clos, il savourait, d'un air assez niais, le maintien de son pré carré. Il avait la mayonnaise victorieuse. Il reçut son kebab peu avant Jean puis, après avoir serré cérémonieusement la main du patron, il quitta le restaurant en sifflotant. Jean se retrouva dans son sillage claudiquant et constata que l'énergumène, après s'être allumé une cigarette devant son porche, ouvrait la porte de son immeuble. Il courut alors sur la pointe des pieds avant qu'elle ne claque et se faufila dans le hall d'entrée. Henri avait déjà commencé à gravir l'escalier avec un pas de danse qui tenait de la valse hémiplégique. Un pas en avant, deux pas en arrière, une pause pour tirer sur sa cigarette, deux mouvements en avant, une station en équilibre pour tirer une frite de son sandwich, une rumination bruyante, un glissement de soulier, un demi-pas en arrière... Des ricanements de corsaire satisfait célébraient chaque étape. Jean venait de rencontrer son voisin.

Ivre lui aussi, mais d'une ivresse moins ambitieuse, il se retrouva, sans savoir vraiment pourquoi, à le filer en marchant discrètement, retenant son souffle, se collant le long du mur. Son sujet, ne voulant pas choisir entre fumer, monter et manger, tentait de faire les trois en même temps, et l'ascension dura quatre minuteries automatiques. À chaque fois, Henri mettait un temps considérable à retrouver l'interrupteur, risquant ses os dans sa recherche à tâtons, en pestant contre le syndic : « Ils n'ont pas reçu mes courriers recommandés, ça fait trois ans que je réclame un allongement de la minuterie... ils vont me tuer... je vais leur lancer un préavis de grève, ça marche ces trucs-là... une grève de la soif, une grève du loyer, une grève de la politesse... » « Ils vont réussir à me tuer, demain je porte plainte, recommandé, assignation, procès, recours, je vais les ruiner… », grognait-il à chaque fois que claquait la fin de la minuterie. Jean hésita, un court instant, à sauver son prédécesseur en allumant la lumière, craignant une chute costaude de celui-ci et une accusation au tribunal des consciences pour non-assistance à ivrogne en péril, mais il se ravisa pour ne pas révéler sa présence. Et puis l'alpiniste maîtrisait ses prises. « Ils ne m'auront pas comme ça ! », tonna Henri avec des accents de défi. Au cinquième étage, Jean commença à se sentir ridicule. Le souffle court et le kebab froid, il venait de vivre quinze minutes d'espionnage clownesque, de voyeurisme auditif et il se demanda derechef s'il n'était pas temps de se dévoiler et, pourquoi pas, d'aider cet homme en peine. Pourtant, il ne le fit pas et attendit la comédie des clefs et celle de la porte claquée avec fracas pour se réfugier chez lui, le corps épuisé et la curiosité éveillée. Il balança immédiatement son casse-dalle à la poubelle et sauta dans son lit pour s'y recroqueviller, en écoutant le tumulte de la révolution de grenier que son voisin semblait mener dans ses territoires. Un bruit sourd, suivi de ce qui ressemblait à un écroulement, imposa un silence définitif au moment où, au travers du vasistas, le noir de la nuit laissait sa place au timide gris des matins de Paris.

Dès l'ouverture de ses paupières, ses souvenirs nocturnes se présentèrent. Il leur fit face un bon moment, tandis qu'il s'étirait dans son lit, la bouche sèche et le cervelet flottant. Assurément, le voisin méritait qu'on s'attarde sur son cas. Se compliquer autant l'ascension d'un escalier ne pouvait pas être l'œuvre d'un simple d'esprit. Il fallait une certaine confiance en soi, une mégalomanie évidente, pour s'imposer autant de contraintes dans une tâche si banale. Un certain courage aussi, pour étager sur six niveaux, simultanément, son dîner, sa cigarette de digestion et ses combats administratifs et juridiques. Et puis le bougre ne se laissait pas manger à toutes les sauces, il avait la mayonnaise pointilleuse. Quelle élégance dans l'enculage de mouche ! Si la superbe de son voisin avait forcé son admiration dans le roulis de l'ivresse, elle le faisait désormais sourire à jeun.

Sous sa douche, Jean repensa au fracas définitif qu'il avait entendu avant de s'endormir et décida, cette fois pour de bon, d'aller rencontrer Henri pour lui apporter le soutien moral qu'il lui avait refusé, par timidité, par curiosité, par lâcheté, dans les escaliers. L'homme est ainsi fait, il passe sa vie à se trouver des circonstances atténuantes. Devant la porte, penaud, il espérait entendre les bruits familiers des occupations quotidiennes, afin de pouvoir retourner chez lui doté du sentiment confortable du devoir accompli. Cependant il ne régnait de l'autre côté qu'un silence de pièce vide. Il tapa timidement avec le secret espoir que personne ne réponde. Ce qui fut le cas pendant une minute d'éternité. Le corps de Jean se libéra d'une certaine tension, en même temps que son esprit se parait de bonne conscience, la pire des trois, bien pire que la mauvaise. Il avait fait ce qu'il fallait faire. Mais, au moment où il tournait les talons, des frottements firent vibrer le parquet. La carcasse, un moment pétrifiée, fut électrocutée par un hurlement. « Je paierai la semaine prochaine, fichez le camp et réglez-moi ce problème de minuterie ! » Jean se retrouva une nouvelle fois à marcher sur la pointe des pieds pour échapper au pétrin dans lequel il avait sauté à pieds pointés. Sa main venait de s'emparer de la poignée de sa porte lorsque celle de derrière s'ouvrit avec la force du tonnerre. Il était cuit.

— Eh bien ! C'est vous qui frappez chez les gens au petit matin ? questionna Henri, tandis que Jean se retournait.

— Il est plus de quinze heures tout de même, Monsieur, lui répondit Jean avec des airs de gamin insolent.

Il constata qu'Henri avait la même tenue que la veille et sur le front un œuf de pigeon.

— Ça, c'est dans votre tête, jeune homme, vous n'allez pas vous faire dicter vos journées par une horloge. Il s'agirait de gagner en indépendance. Que me voulez-vous ?

— Je voulais m'assurer que vous alliez bien, je vous ai entendu rentrer cette nuit et j'ai entendu un bruit inquiétant, c'est tout…

— Cette nuit ? Cette nuit ! C'est étrange, car voyez-vous, je n'ai pas mis les pieds dehors cette nuit. Je suis resté chez moi, pour une fois. Voilà !

— Bon bah… je suis navré… j'ai dû faire une erreur… pourtant… répondit Jean, interloqué devant ce qu'il considérait comme une mauvaise foi caractérisée ou une amnésie carabinée.

— Ça c'est certain, c'est toujours une erreur de réveiller les gens de bonne heure !

— Je vous prie de bien vouloir m'excuser, coupa Jean en singeant l'intonation nocturne de son interlocuteur, pensant ainsi apaiser son courroux et, pourquoi pas, attirer sa clémence. Je vous souhaite une excellente matinée, conclut-il cependant qu'il se dirigeait vers sa porte.

— Maintenant que vous êtes là et que vous m'avez réveillé, vous n'allez pas vous enfuir ! Venez donc boire un café, vous êtes le premier rat avec qui je partage ces greniers.

— Heu… là… maintenant ? demanda Jean, essayant de trouver une excuse pour se dérober et déplorant d'avoir sauté, tout seul et comme un grand, sur la tapette qui venait de claquer sur son emploi du temps.

— Non pas maintenant, demain matin, ma cafetière est très, très lente… s'esclaffa Henri.

— Ah bien… dans ce cas-là, je vous dis à demain… bredouilla Jean, très soulagé et un peu perdu, en saluant de la main.

— Mais j'ai affaire à un dégénéré ma parole ! Revenez par ici, le café sera prêt dans dix minutes.

Il régnait un air de crépuscule d'empire dans ce gourbi surchargé. Un lutrin monumental servait de perchoir impérial à un aigle sculpté dont les ailes faisaient office de portemanteau. Un lustre, à trois bobèches, pendait lamentablement du faîte, déséquilibré par le lien tendu d'une rallonge qui alimentait la seule ampoule allumée. Au sol se superposaient des tapis, persans et poussiéreux, dont tous les angles relevés représentaient une menace pour la libre circulation des biens et des personnes. Un lit-bateau en forme de lyre dévorait l'espace octroyé par l'égoïsme légendaire des combles. Aux murs, et tous penchés à l'exception d'un seul, des portraits d'ancêtres honorables, encadrés d'or grisonnant, dévoilaient l'opinion et le regard de travers que portaient ces aïeux sur la vie déplorable de leur probable descendant. Un seul tableau droit et fauve représentait une beauté léonine de Boldini au sourire d'ange, le talon de sa cuissarde écrasant de manière diabolique la tête d'une dépouille de lion. Au-dessus d'un lavabo moucheté de dentifrice et dont les bords brûlés indiquaient qu'il servait aussi de cendrier, pendait un miroir serti dans un vieux cadre de télé, avec trois touches pour les chaînes, et un bouton à tourner pour l'allumer. Punaisé à côté, un Pompidou en noir et blanc, cigarette en coin, l'œil broussailleux et pétillant, voyait son teint blondi par la nicotine et remplissait un rôle de vigie moderne dans ce musée ramassé. La chambre de bonne était embourgeoisée par une belle cheminée en marbre veiné rose qui digérait un festin de journaux boulottés. Par paquets, les livres s'étaient réfugiés dans les soupentes. Leur empilage serré leur donnait des airs de sacs de sable protégeant une tranchée des tirs ennemis, et de la mesquinerie des courants d'air.

— C'est grand ici ! lança Henri dans le dos de Jean, ce qui le fit sursauter. J'ai obtenu de mon propriétaire qu'il abatte une cloison. Vous imaginez un sol en béton ciré et nous ne sommes pas loin du loft ! Il m'est arrivé de le présenter comme ça aux péronnelles et aux *naïvres* de boîtes de nuit, mais débarquées ici, elles se montraient toujours déçues, alors j'ai arrêté. Décevoir des jeunes filles avant de les allonger dans son lit, c'est mal commencer sa parade. Sucre ? Lait ? Calvados ?

— Calvados où ça ? Calvados quoi ? répondit Jean, encore absorbé par la découverte des lieux.

— Vous assaisonnez votre café avec quelque chose ?

— Euh ! Non, non merci, du café sans rien d'autre, du café seulement.

— Ne vous étonnez pas si vous trouvez un goût de papier au café, je n'ai plus de filtre. Il est fait au sopalin. C'est pour ça que je le coupe au calvados, sinon j'ai l'impression de boire un livre ou un journal, alors que là je retrouve un peu l'esprit des goûters de mon enfance.

— Ah, vous venez de Normandie ?

— Non, de Bretagne... Ce que vous voyez autour de vous, ce sont les reliquats d'une vieille et honnête bourgeoisie de province. Pour ma part, je n'ai jamais été honnête, je ne suis plus bourgeois depuis longtemps, en revanche je suis resté provincial, je dis encore « eux » pour désigner les Parisiens. Tout est parti en taxe de séjour lorsque je me suis installé dans ce grand hôtel qu'est Paris. Il faut dire aussi que j'ai consciencieusement vidé le minibar de ma suite. Au début, j'habitais un très grand appartement, et puis je n'ai cessé de revoir mes prétentions à la baisse en même temps que je révisais mes ivresses à la hausse, il y a eu un point de croisement. Il y a quelques années, j'avais encore un appartement de trois pièces, mais désormais mes prétentions sont rangées là, sous la poussière, et mes ivresses ne dérangent que les souris, parfois les voisins du dessous... et vous depuis cette nuit.

— Donc, vous vous souvenez être sorti cette nuit ! Vous me rassurez... affirma Jean que cet aveu rendait plus à l'aise.

— Oui, bien évidemment ! Mais les lendemains de cuite, il faut toujours commencer par nier, on ne sait jamais ce qu'on va vous reprocher. Je n'ai jamais avoué devant les habitants de cet immeuble. Je préfère passer pour un menteur que pour un alcoolique, même si c'est souvent la même chose. J'ai même nié, devant le propriétaire du premier, que c'était moi qui étais sur son paillasson en train de roupiller. Je vous assure qu'il était impressionné. Il était tellement impressionné que par la suite il a interdit à ses enfants de me saluer dans la cage d'escalier. Des excuses sur papier à en-tête et des chocolats n'ont rien changé. Certains ont le reproche durable. Boire tout le temps, nier toujours ! Et vous ?

— Moi ? Je bois souvent et je mens rarement, je suis plutôt discret.

— Non, je ne vous demandais pas si vous buvez, mais ce que vous faites dans la vie... Je viens de vous raconter la longue glissade qui m'a propulsé au sommet de cet immeuble, je vous demande d'où vous venez, et ce que vous faites dans la vie !

— Je ne fais rien, strictement rien, dans la vie...

— Fantastique ! coupa Henri. Habituellement les gens s'inventent toujours des projets qui justifient leur présent. C'est rare de rencontrer quelqu'un qui assume son inutilité sociale... c'est beau... mais vous mentez, c'est dommage...

— Comment ça je mens ? Je vous assure que je ne fais rien en ce moment...

— Si, vous m'espionnez ! Vous m'espionnez nuit et jour, comme une petite concierge qui s'ennuie, et j'ai l'impression que je vous donne beaucoup de travail.

— Mais pas du tout ! Que racontez-vous ? Vous faites tellement de bruit que je n'ai pas besoin de vous espionner pour savoir où vous êtes !

— Et cette nuit ? Votre filature dans la cage d'escalier, c'est mon imagination peut-être ? Vous pouvez mentir si vous voulez, je serais mal placé pour vous le reprocher. Dans ce cas-là, je vous croirais...

— Je pensais avoir été discret pourtant, rit Jean. Comment m'avez-vous repéré ? Et pourquoi ne pas m'avoir interpellé ?

— Vous recrachiez bruyamment par le nez le souffle que vous tentiez de retenir par la bouche ! Je me suis mis dans la peau d'une starlette poursuivie par un paparazzi et c'était plutôt agréable comme sensation... je ne voulais pas casser mes illusions, ni votre mission. Vous avez remarqué comme je suis habile pour me laisser glisser vers les interrupteurs ?

— J'ai surtout remarqué que vous mangiez en fumant et que vous fumiez en montant...

— En effet, je suis pétri de mauvaises habitudes. Je fais ça, car le plus souvent je m'écroule en rentrant chez moi, sans manger ce que je viens d'acheter, et ce serait dommage de gâcher les splendides kebabs de Youssef. Sa sauce blanche est divine, c'est lui qui la fait, c'est rare.

Jean avala plusieurs tasses de café au papier, tandis que son hôte diminuait progressivement la dose de caféine dans sa tasse au profit de son calvados. Il finit par sortir un verre à liqueur pour le remplir seulement de ses souvenirs d'enfance. Sans savoir si Henri agissait délibérément, Jean constata qu'il s'ingéniait à saper, par des flottements et des formules à l'emporte-pièce, les prémices du bien-être qu'il éprouvait dans cet endroit intemporel en compagnie de cet hurluberlu. Son voisin était d'un commerce charmant quoique inconfortable. Il était resté pourtant, autant par intérêt pour cet homme que pour satisfaire, peut-être et pourquoi pas – il se posait sérieusement la question – un léger penchant masochiste. Ses rapports avec l'Autre s'étaient toujours montrés fluides, mais souvent sans grand intérêt. Il trouvait dans cet antre ce qu'il fallait de fantaisie et de poussière pour noircir son agenda. Il ne voulait pas partir et Henri ne semblait pas le souhaiter non plus. Les Velux s'étaient couverts de noir sans que Jean ait remarqué les préliminaires grisâtres du crépuscule d'hiver. Son hôte se proposa de faire un feu et Jean accepta d'enflammer sa tête aux clins d'œil capiteux du calvados.

— Vous voyez, certains ont l'alcool mauvais, ce n'est pas mon cas. Je suis généralement connu dans les environs pour être une sympathique viande saoule, un peu tatillonne parfois, mais inoffensive et drôle apparemment, parfois contre mon gré. En revanche j'ai la presse mauvaise, très mauvaise. Alors, quand j'ai dépassé la dose critique, j'écrase le journal en boule et je le jette dans la cheminée pour faire flamber mon fiel. Pourtant, je ne peux pas m'en passer. À chaque fois, je me dis que c'est la dernière, et le lendemain je me retrouve au kiosque à acheter mon mille-feuille de tourments. Ce besoin de constater la laideur et la bêtise de mes contemporains m'échappe totalement, mais j'y reviens tout le temps, c'est probablement une définition assez précise de la drogue. Vous vous droguez ?

— Au papier journal ? Ça m'est arrivé, pour les grands événements, parfois…

— Non, mais non ! Vous vous droguez aux épices de Colombie, de Jamaïque ou d'Afghanistan ? Toutes ces drogues qu'on ne trouve pas au kiosque, voyons ! le rembarra Henri dont les prunelles miroitaient aux feux conjugués de la cheminée, de l'alcool et d'une probable folie.

— Heu, j'ai fumé de l'herbe comme un peu tout le monde, mais il semble que ça exacerbait ma nature méfiante et soupçonneuse, en somme je devenais paranoïaque...

— En somme ! Vous dites « en somme » jeune homme, c'est très bien ! C'est parfait même. Désormais les gens pour résumer leurs pensées ne disent plus « au fond », « en somme » ou « tout compte fait » mais ils disent « en gros ». Cela peut vous sembler dérisoire mais pour moi, voyez-vous, c'est le symbole d'un monde qui s'écroule. Avant nous donnions le fond de notre pensée, les comptes de nos réflexions, désormais les gens donnent le gros de celles-ci. Auparavant c'était profond, désormais c'est pâteux, c'est large, ça a du mal à passer, ça bloque dans le gosier et comme vous le savez certainement, le gosier est le couloir qui mène du cœur à la tête, ça crée des embouteillages, vous comprenez ?

— Heu... eh bien... je constate surtout que le calvados dilate votre couloir et que j'accuse un immense retard dans les transferts qui s'opèrent entre mon cœur et ma tête... Et vous, vous vous droguez ?

— Vous êtes aveugle ! Je m'enfile des doses de calvados devant vous depuis ce matin...

Cependant, je dois reconnaître qu'il y a une dizaine d'années, j'ai beaucoup laissé traîner mon nez aux alentours de Bogota, mais c'est terminé tout ça ! affirma-t-il en dressant ses avant-bras pour les croiser.

— Vous avez vécu en Colombie ?

— Non ! Je n'y ai jamais foutu les pieds. C'est Bogota qui est venu à moi, lorsque je suis arrivé à Paris. Il me suffit de peu pour voyager.

— Et pourquoi avoir arrêté ?

— J'avais l'impression d'être toujours un génie, et c'est horrible quand ça s'arrête... Alors que l'alcool exacerbe ma bêtise, et c'est bien quand cela prend fin... Et puis, l'alcool a cet avantage insigne de me mettre à votre niveau.

— Il vous arrive d'être aimable parfois ?

— Pardonnez-moi, je suis taquin quand je ne connais pas. C'est ma façon de faire le tri entre les gens qui vont pouvoir me supporter au long cours et ceux qui n'en sont pas capables. Sinon ça ne sert à rien de persévérer, il ne faut pas perdre son temps, vous comprenez ?

— Oui, mais c'est un peu brutal comme procédé. Et vous me rangez dans le bon grain ou l'ivraie ? J'aimerais bien savoir. Ainsi, moi non plus, je ne perdrais pas mon temps.

— Eh bien écoutez, vous dites « en somme », vous avez une certaine repartie, de l'aplomb, vous assumez une existence vaine, vous êtes assez tordu pour espionner vos voisins, cela me paraît être un bon début. Il fait chaud ici, non ?

Il se dirigea vers les Velux et les ouvrit en

grand, pour respirer profondément, en offrant son torse aux éléments. Un vent glacial et humide s'engouffra dans le palais dérisoire et vint bouleverser la danse paisible et guindée des flammes du foyer qui se mirent à tournoyer follement, à s'écraser d'un côté puis de l'autre, à lécher les parois de la cheminée, cherchant probablement un angle pour se protéger de ce vent agressif. Ce vent méchant dont les rafales finissantes bouleversèrent le lustre en entrechoquant ses grelots de cristal dans une symphonie de cliquetis brouillonne et fichtrement théâtrale.

— Et si nous sortions faire un tour ? proposa Henri en se dirigeant vers le lavabo pour s'arroser le visage.

— J'ai l'impression que vous avez déjà décidé... Vous n'avez pas de salle de bains ?

— Si, mais je ne vais pas me laver le corps pour aller me souiller l'esprit, cela n'a pas de sens. Je prendrai une douche demain. Je le jure sur la tête de ma grand-mère, qui adorait me frotter le dos au savon de Marseille.

— Vous avez quel âge, Henri ?

— J'ai trente-quatre ans et vous ? Comment vous appelez-vous d'ailleurs ?

— Je m'appelle Jean et j'ai dix-huit ans. Nous pouvons peut-être nous tutoyer ?

— Et pourquoi ne pas nous faire un câlin en nous regardant dans le blanc des yeux ? Je ne supporte pas la complicité de façade du tutoiement. Vous avez remarqué que les jeunes hommes se font la bise désormais, sans même se connaître ! C'était déjà pénible d'embrasser des filles moches, maintenant il faut bécoter des garçons hideux. Pouah !

— *Vous* avez raison Henri...

— Les vieux cons ont souvent raison !

Avant d'ouvrir la porte, il se posta devant le miroir-téléviseur et, en grimaçant, lança d'un air grave : « Bonsoir... La France a peur ! La France connaît la panique depuis qu'elle a appris que l'affreux Henri partait rôder dans Paris, accompagné de son concierge garni d'ennui ! Tremblez vermicelles de tabourets, tremblez jeunes pucelles, remplissez l'écuelle des loups-garous ! » avant d'enchaîner avec des hurlements sibériens.

En descendant les escaliers, tandis qu'Henri sautillait en sifflotant, Jean se félicita d'avoir tapé à sa porte. Leur état civil affichait seize ans d'écart, mais le gouffre qui les séparait se mesurait en siècles. La passerelle était jetée, l'histoire pouvait commencer.

Michel raccrocha satisfait de ce qu'il venait d'entendre et satisfait de lui-même, aussi. Les ouvriers en charge de la rénovation de son futur appartement parisien venaient de découvrir derrière un mur de Placoplatre une magnifique cheminée en marbre blanc. Il avait toujours eu du flair et une certaine baraka, qui combinés à sa force de travail, lui avaient permis cette carrière fulgurante, sans accroc notable. Certes il avait connu des déconvenues, mais aucune épreuve insurmontable. Il avait été le premier à voir le potentiel de ces six studios sans charme de 20 m² chacun, au dernier étage d'un immeuble haussmannien acheté trois mois plus tôt. Ils étaient dans un état déplorable, maltraités par des années de squat qui les avaient rendus malodorants et insalubres, impropres à l'habitation. Les investisseurs précédents s'étaient montrés découragés par l'ampleur des travaux et leur défilé, infructueux depuis trois ans, avait convaincu le propriétaire de baisser significativement son prix. Même sans cheminée en marbre, l'affaire était viable et juteuse. Depuis dix ans, Michel travaillait de chez lui. Il attendait donc la rénovation de son appartement et de son bureau en profitant de ses premières vraies vacances. Certes son installation à Paris l'avait obligé à diviser par deux sa surface de vie, mais il avait quitté sans regret son appartement de 220 m² sur l'élégant et prisé cours Cambronne à Nantes. Pour lui, Paris était la suite logique de son parcours, encore un aboutissement. Il avait toujours nourri cet objectif et avait attendu patiemment de réunir toutes les conditions pour l'atteindre. Ce n'était pas seulement un changement de ville et d'adresse – et de prénom – c'était aussi un changement d'orientation, ou plus précisément une bifurcation vers un métier moins sulfureux, un retour vers une activité plus conventionnelle, respectable.

Lorsque la jeune fille d'étage frappa à la porte de la chambre, il s'empara du peignoir qu'il enfila rapidement. Cette fois-ci il se justifia auprès d'elle : ce jus d'oranges pressées marquait un tournant dans ses vacances. Il les souhaitait plus saines et désirait désormais s'adonner à des activités plus diurnes, lui avait-il affirmé, surtout pour achever de se convaincre lui-même. Elle esquissa un sourire poli et indifférent, puis partit. Sur sa terrasse, il repensa à la scène surréaliste qu'il avait subie la veille. Ce moment dans les marais avait constitué incontestablement l'épreuve la plus pénible de sa vie. La plus humiliante, la plus dégradante, la plus violente aussi. Cette fois, il n'avait pas besoin d'attendre le tamis des années, que le temps filtre les à-côtés et laisse couler l'essentiel, pour déplorer son comportement ridicule. Mais il n'était pas encore mûr pour en sourire.

La veille, à la suite de cette pathétique confrontation, il était sorti des marais et s'était réfugié sur la plage dans une paillote. Après avoir commandé et bu un Coca-Cola, avoir été montré du doigt par les enfants et poliment évité du regard par leurs parents, il avait tenté d'appeler un taxi. Il se demanda si c'était la plage qui n'offrait aucun réseau ou son opérateur qui lui refusait ce luxe, car il n'était pas parvenu à passer le moindre appel. Il s'était résigné à attendre une navette sous une aubette perdue au milieu des dunes de sable. Le premier car ne prit même pas la peine de ralentir pour répondre à ses signaux, il passa, indifférent à son désarroi crasseux. Dans le reflet de la vitre de l'abri, rayée de déclarations d'amour, de numéros de téléphone, d'invitations salaces et de menaces contre la police, il avait constaté l'ampleur de son délabrement physique et esthétique. Entre deux affiches délavées de cirques d'été, il avait pu regarder le clown ravagé qu'il était devenu. Même le bras levé, son téléphone lui refusa une connexion. Le deuxième car s'arrêta après avoir tout de même ralenti, puis accéléré, puis ralenti à nouveau. Les premières places étant toutes prises, il avait dû parcourir le couloir central, écrasé par les regards suspicieux, pour aller se réfugier au fond, sur la dernière rangée de sièges, celle réservée aux voyous et aux rebelles du dimanche. Il s'était senti anormalement bien sur cette banquette. Ce bus l'éloignait d'un enfer naturel et désolant pour l'emmener vers son paradis coûteux et réconfortant. En rentrant dans Batz-sur-Mer, son téléphone lui accorda gentiment un appel. Il en était au point de remercier son téléphone de lui permettre de téléphoner. Un « Yes ! Yes ! Merci, merci ! » qui provoqua le regard effaré et un peu inquiet de son voisin. Son premier appel fut pour la réception de l'hôtel. Il ne concevait pas une seconde de débarquer dans cet état-là, à quatorze heures, dans le hall du palace. Il lui fallait négocier avec l'accueil une entrée discrète par une porte de service. Il était passé par la buanderie, en avait profité pour nettoyer son visage, y laisser ses frusques et enfiler un peignoir. Arrivé dans sa suite, il s'était écrasé sur son lit et s'était mis à pleurer, longuement.

Cela faisait des années qu'il n'avait pas pleuré ainsi. Dix ans exactement. À l'époque, c'étaient des pleurs de honte, de dégoût, de soulagement également. Après avoir quitté son agence et son déguisement, il s'était installé comme marchand de biens. Appuyé par l'exemple de certains de ses anciens clients, il avait vu dans cette activité la possibilité de grimper vite et de gagner beaucoup. Mais pour séduire une banque, il fallait frapper un grand coup dès le départ, comme avec une fille, opérer une séduction qui la fait chavirer sans hésitation dans vos bras après un coup d'éclat. Ce coup d'éclat fut une grande maison repoussante dans la banlieue de Nantes. Elle appartenait à un vieux retraité naïf, sympathique, un vieillard qui essayait désespérément de la vendre depuis deux ans et qui ignorait totalement le potentiel de sa propriété. Un vendeur désespéré était déjà un atout, mais s'il cumulait une méconnaissance totale de la valeur réelle de son bien, il devenait l'homme providentiel pour une première opération.

« Urgent – Particulier vend maison sur deux niveaux de 160 m², 3 chambres, 3 salles de bains, grand jardin, importants travaux à prévoir. Prix : 200 000 euros. »

Lorsqu'il s'était présenté moins d'une heure après avoir écouté les lamentations mi-fatalistes, mi-suicidaires, du propriétaire au téléphone, il avait constaté qu'en effet sa maison pouvait être effrayante et répulsive pour l'acquéreur lambda. Mais, lui, vit aussitôt la plus-value qui se cachait derrière cette masure mal agencée à l'apparence crapoteuse. La maison comptait trois niveaux. Le retraité n'avait pas cru nécessaire de compter les combles, hauts et exploitables intégralement. La maison mesurait réellement 240 m². En dix minutes de visite, sa valeur venait d'augmenter significativement. Michel avait eu du mal à dissimuler son enthousiasme, mais le vieux ne le remarqua pas, plombé qu'il était par deux ans de visites infructueuses et cinq baisses de prix consécutives. Une vie de travail, de sacrifices pour honorer ses mensualités à la banque, de dimanches à tenter de rendre son intérieur plus coquet, du moins habitable, pour finir par subir des nez pincés, des questions humiliantes, des regards dédaigneux pour le travail de sa vie, des poignées de mains condescendantes et sans lendemain, avaient rabougri physiquement et moralement cet homme, charmant au demeurant. Dans sa petite annonce, le propriétaire aurait pu écrire que ce *grand jardin* était un terrain de 800 m^2 divisible et constructible, mais il ne l'avait pas fait. C'était pourtant une information de la première importance, qui n'échappa pas à Michel. Tout en posant des questions anodines au propriétaire – qui, trop content d'accrocher enfin un client, se montrait bavard et joyeux – Michel calculait déjà frénétiquement dans sa tête l'argent qu'il allait gagner à la place, et grâce au brave retraité. « 100 000 euros au bas mot ! », pensa-t-il en serrant chaleureusement la main du vieux qui découvrit un sourire large et partiellement crénelé, tout en posant une main reconnaissante sur l'épaule de son sauveur.

Après avoir mené son enquête et réalisé une étude de faisabilité, Michel prit rendez-vous le lendemain en début de soirée pour négocier et finaliser la vente. Son étude du dossier s'était avérée plus lucrative que l'estimation fantasmée qu'il avait réalisée lors de la visite. La maison serait divisée en trois logements de 80 m² chacun, vendus à 100 000 euros pour chaque lot brut. Le terrain aussi serait parcellé et la partie séparée serait liquidée pour 60 000 euros. Et pour le coup de blanc dissimulateur, les plaquistes et le géomètre il lui faudrait investir 40 000 euros. Michel avait rédigé une offre d'achat à 165 000 euros. Si elle passait, cette offre lui permettait d'engranger un matelas de départ pour sa nouvelle vie proche de 150 000 euros. Mais dans ses calculs, Michel n'avait pas pris en compte le coût humain de la négociation, ou plutôt il l'avait sous-estimé.

Lorsqu'il était arrivé, il avait constaté que le vendeur était en costume. « Je ne l'avais pas enfilé depuis l'enterrement de ma femme, il y a trois ans, c'est après sa mort que j'ai décidé de vendre la maison, vous comprenez elle est bien trop grande pour moi tout seul ! » Michel comprenait. Il comprenait que se jouait pour eux deux une partie importante de leur vie : lui lançait la sienne, le petit vieux la soldait. Dans la cuisine, le propriétaire avait disposé deux verres Duralex et une bouteille de cidre sur la toile cirée aux motifs provençaux. Il avait posé ses lunettes aussi, dans leur étui au cuir décoloré, aux côtés desquelles se trouvait un stylo Bic mordillé sans capuchon. Sur la gazinière cuisait à grand feu une sorte de potée dont le fumet exhalait une indicible odeur d'os brûlés qui, ajoutée à celle de renfermé, rendait l'endroit irrespirable. Lors de sa première visite, Michel n'avait pas remarqué ces deux posters de bergers allemands, pourtant encadrés et mis en évidence au-dessus de la commode noyée de bibelots poussiéreux. Les chiens le regardaient. Il se déplaçait dans la cuisine et les chiens le regardaient toujours. Il décida de s'asseoir sur la chaise qui leur tournait le dos. Michel sortit l'offre de la poche intérieure de sa parka et la déplia. Le propriétaire se claqua alors sur les cuisses. « Alors à quelle sauce vous allez me manger ? », dit-il avec une candeur réjouie. Il comprit très vite que Michel se proposait de le dévorer, sans sauce. Un festin écrit en toutes lettres à l'encre noire. Après plusieurs secondes de tétanie, le vieux leva les yeux vers Michel. « C'est pas possib', c'est pas possib', c'est une farce, non ce n'est pas possib', pas ce prix-là ! » marmonnait-il, avalant les dernières syllabes en même temps qu'il ravalait ses espoirs, les yeux remplis d'une brume qui l'isolait momentanément de la réalité. Puis il reprit ses esprits, tapa du poing sur la table, se leva et somma Michel d'en faire autant. S'ensuivit une longue visite des lieux, où le vieux dressa l'inventaire de toutes ses réalisations pour améliorer la maison. Une visite durant laquelle le propriétaire tirait le marchand de biens par la manche. L'accablement qui avait suivi la lecture de la proposition s'était transformé en argumentation euphorique et technique. Une litanie dérisoire faite d'un escalier en pin monté par ses soins, d'une alcôve creusée de ses mains, d'une salle de bains entièrement créée à partir de rien, d'un jonc de mer antédiluvien dans le couloir de l'étage, d'une rosace boursouflée achetée chez un antiquaire pour embourgeoiser le plafond du salon... Michel se sentit défaillir, l'espace d'une seconde il envisagea même d'abandonner l'affaire. Puis il se reprit, s'il ne le faisait pas, un autre le ferait. Pour toutes ces réalisations dominicales, il proposa 5 000 euros de plus. À l'annonce de cette majoration le propriétaire ne broncha pas, pendant quelques instants il parut même concentré et Michel s'était dit qu'il calculait la cruelle perte sèche. En moins d'une journée Michel avait fait baisser la vie d'un inconnu de 15 %, sans méchanceté, mais par intérêt personnel. L'euphorie fut suivie d'un accablement sanglotant, humain, tristement humain. Un chagrin qui obligea Michel à s'allumer une cigarette sans demander l'autorisation. « Ça ne vaut pas ça, vous le savez très bien, ça ne vaut pas ça ! », psalmodiait le vieux, enterrant ses deux ans d'espoir. Il avait aplati l'offre avec les verres Duralex, avait chaussé ses lunettes, et tout en passant son pouce et son index sur ses yeux pour écarter ses larmes, avait signé au bas de la page, de son Bic mordillé, le solde de tout compte d'une vie bradée.

L'offre signée et repliée en poche, Michel était parti sans même oser une poignée de main, non par mépris ou manque de correction mais par décence, une décence crasse. Il avait laissé derrière lui le petit vieux assis avec ses lunettes trempées et sa bouteille de cidre encore bouchée. Arrivé dans sa voiture, il s'alluma une nouvelle cigarette dont la première bouffée lui soutira des haut-le-cœur. Il avait vomi. Il avait vomi en partie sur sa parka, un peu dans sa voiture aussi. Il s'était vidé les boyaux dans le caniveau. Puis, rentré chez lui, il avait pleuré. Il s'était écrasé sur son lit et s'était mis à pleurer, longuement.

Le lendemain, il s'était rendu à la banque et avait mis son conseiller devant le fait accompli : il lui fallait 210 000 euros, tout de suite. Celui-ci avait grimacé, demandé 24 heures pour prendre une décision. Il avait accepté.

La revente, trois mois plus tard, dépassa de 20 000 euros le prévisionnel de Michel. Près de 170 000 euros en quatre mois pour deux signatures, un peu de peinture, plusieurs murs et quelques mesures. Le banquier était séduit, Michel était lancé.

Jean avait toujours trouvé pathétiques ces filles et ces garçons qui, au lycée ou à la fac, se découvraient des frères et sœurs en la personne de leur ami le plus proche. Il arrivait même à certains de voir dans leurs aînés une seconde mère, un second père. « C'est mon deuxième Papa ! », avait-il entendu de la bouche pulpeuse d'une sotte bien roulée, à propos d'un prof qui n'en demandait pas tant, mais peut-être plus. Il se refusait donc à employer ces raccourcis familiaux pour définir ses relations avec Henri, même s'il leur trouvait désormais une certaine commodité voire une certaine justesse. Il ne pouvait pas se rabattre non plus sur le statut de mentor. Henri le guidait bien parfois, mais au retour c'était toujours le disciple qui orientait ses pas. Pourtant, il y avait bien entre eux un sentiment qui allait un peu au-delà de l'amitié. Des soins et une attention pour l'autre qui faisaient souvent dire à Henri qu'il ne leur manquait que la fornication pour devenir un gentil petit couple. « Ceci dit, ça a donné de très belles choses, regardez Verlaine et Rimbaud ! Un jour, je vous écrirai un sonnet du trou du cul et nous n'en parlerons plus ! Bon, j'espère être moins moche que Verlaine et vous êtes moins beau que Rimbaud... Et qui sait, je finirai peut-être par vous tirer dessus ! Méfiez-vous. »

Depuis leur rencontre, il ne s'était pas passé un jour sans qu'ils se voient. Toujours chez Henri, car celui-ci trouvait la chambre de Jean bien trop déprimante. « Quand je viens chez vous, j'ai l'impression de dégringoler les dernières marches de l'escalier social, et sur le cul en plus ! Ça me fait terriblement mal. » Alors, ils prenaient leurs petits-déjeuners et leurs dîners chez Henri. Le repas de midi était consacré aux moments que chacun se doit. Une respiration nécessaire tant la fréquentation d'Henri s'avérait épuisante. Cet homme n'était pas normal. Qui peut se vanter de l'être d'ailleurs ? La normalité est le refuge des abrutis ou des hypocrites disait-il toujours. La plupart du temps, ils cumulent les deux casquettes, ajoutait-il. Henri était inapte, biologiquement inapte.

Né avec un siècle de retard, peut-être plus, il tentait désespérément de ramer à contre-courant, ce qui l'épuisait. Il trouvait dans l'alcool l'élixir qui le téléportait à l'époque qu'il pensait être la sienne et retrouvait, grâce à ses effets, des accents surannés et des pratiques largement démodées. Sa manie de provoquer les gens en duel et de les convoquer à l'aube à Pigalle, boulevard de

Clichy, en était une qui plaisait beaucoup à Jean. « Vous allez voir ! Je vais vous occire devant un parterre de combinaisons en latex, sous les applaudissements des doubles dongs et des plugs anaux, les hourras d'une ribambelle de boules de geisha. Ça va saigner, ça va faire mal ! », menaçait-il, poings sur les hanches, menton en joue. Jean se demandait souvent si, une seule fois, quelqu'un s'était rendu à cette convocation grandiloquente. Henri, lui, ne s'y rendait jamais. « Il va vraiment falloir que vous y alliez un jour, par simple curiosité, si ça se trouve vous avez raté un désaxé temporel comme vous. » Ce à quoi Henri lui répondait : « Hors de question, je n'ai aucune envie de me faire percer la peau par plus cinglé que moi. Mais vous savez, le dernier duel de la République n'est pas si lointain, il remonte seulement à la génération qui m'a précédé. C'était en 1967, entre deux députés, un an seulement après ma naissance ! À l'époque on ne les prenait pas pour des dégénérés… l'un d'eux est même devenu ministre de l'Intérieur, c'est dire s'il était sain d'esprit ! Et moi, à trente ans près, je serais une antiquité ? Je suis victime d'une malédiction du calendrier. J'aurais dû être le fils de ma grand-mère, ou son époux. C'était une femme admirable qui accueillait des romanichels sur les terres de son manoir, elle dansait tout le printemps avec eux et recevait la maréchaussée avec une vieille pétoire quand celle-ci venait se plaindre de larcins dans le canton. Je ne l'ai jamais vue ivre et pourtant elle commençait dès l'aube. Une épouse parfaite. Malédiction de l'état civil », se désolait-il vraiment. Il fallait bien se rendre à l'évidence, son ami Henri était cinglé et conscient de l'être. Constat lucide qui lui conférait la première marche sur le podium des névrosés. Mais ce cinglé lui en avait plus appris en quelques mois que ses parents en dix-huit ans.

Sa mâchoire massive et ses yeux exorbités, souvent veinés de rouge, donnaient à son visage un profil chevalin. On retrouvait cette mâchoire dans la plupart des portraits qui pendaient sur les murs décrépis de son logis. Il y avait du pur-sang chez cet homme au maintien racé. Il était le résultat de plusieurs saillies consanguines, cela lui donnait un certain panache. Mais la bête était parfaitement imprévisible, sujette aux emballements et rétive au mors qu'impose la vie en société. L'étalon finissait toujours par sortir de la piste, il se cabrait, ruait et envoyait valdinguer le carrosse de ses ambitions dans le décor de ses désillusions. Sa passion pour le houblon et les cocktails alambiqués exacerbait ses sorties de route, et il arrivait à Jean de voir son ami hennir après sa première pinte quotidienne, les lèvres écumantes de mousse blanche. Cette inaptitude à supporter la société qui l'avait vu naître n'impliquait pas qu'il soit banni par ses membres, bien au contraire. Jean avait été surpris des élans de sympathie de ses contemporains à l'égard de son nouvel ami. Henri était très apprécié dans les cercles de sociabilité que représentaient ses troquets attitrés, refuges de moleskine, de formica et de tabac froid. Il passionnait les clients avec ses histoires et remplissait généreusement les tiroirs-caisses des tenanciers. Il y avait des airs de cour autour de lui, une cour qui respectait ses coutumes et tolérait ses mauvaises habitudes.

L'une d'entre elles fascinait Jean mais entraînait souvent l'incompréhension chez le spectateur ignare. Henri sortait toujours avec un petit flacon de parfum à poire qu'il gardait dans la poche intérieure de sa redingote élimée. Il dégainait sa fiole à chaque fois qu'il pensait avoir tenu des propos nauséabonds et peu convenables et envoyait les volutes de parfum dépolluer son atmosphère. Cette manie enchantait les spectateurs lorsqu'il appliquait la lotion sur lui-même, mais provoquait souvent des empoignades lorsqu'il se levait pour arroser un vociférateur au comptoir. Cette « eau précieuse de bien-penser » comme il l'avait surnommée, lui permettait de présenter des excuses odorantes lorsque sa pensée formulée enjambait les frontières du respectable. Étant doté du logiciel obsolète des siècles passés, il réarmait sa poire à mesure que son ivresse abattait les cloisons de la décence contemporaine. La première fois que Jean avait assisté à ce manège, Henri lui avait expliqué les raisons de cette curieuse manie.

— Une certaine idée de l'hygiène morale et corporelle ? Et un flacon de parfum pour les camoufler ? avait ricané Jean.

— Pas seulement, laissez-moi vous expliquer. Voyez-vous, le journal libéré nous a rapporté dernièrement la naissance d'une tendance parfaitement respectable dont la nomination nous vient des États-Unis d'Amérique mais dont nous devons la première apparition à Maupassant à propos de la divine Clotilde de Marelle. Les Américains sont doués pour nous piquer nos inventions et se les approprier. Regardez le jean, c'est nous, mais ils ont réussi à nous faire croire que c'était eux... Bref, puisqu'il faut bien nommer les phénomènes socioculturels, les bourgeois-bohème viennent de faire une entrée fracassante dans la faune déjà pléthorique des espèces émergentes. Les Bobos, comme il faut les appeler, seraient l'émanation du confort bourgeois étendu sur des principes généreux et progressistes. N'étant plus bourgeois depuis longtemps et vivant ma bohème bien malgré moi, ne reconnaissant souvent au progrès que sa capacité à semer le trouble sur la voie publique, je ne peux prétendre à la carte de membre. J'en suis désolé, car tout cela m'a l'air bien sympathique et confortable mais apparemment les conditions d'entrée semblent trop exigeantes pour moi. Il faut une beauté d'âme dont mon cerveau rabougri paraît fort dépourvu... et pas seulement quand la bise fut venue. J'ai donc créé ma petite famille dont je suis le père et le seul membre, je ne fais rien d'ailleurs pour que la famille s'élargisse, ma paternité ne verse pas dans le prosélytisme. Je suis un père de famille stérile. Un gourou sans secte, ni adeptes. Pour offrir aux Bobos un voisin de palier au paillasson crotté et poussiéreux, j'ai inventé le Dédé : le débauché de droite.

— Donc vous êtes le seul Dédé sur Terre ? Je suis vraiment verni de vous avoir déniché en train de moisir au fond d'un grenier ! s'exclama Jean un peu moqueur.

— Non, non malheureux ! Il existe beaucoup de Dédés. Ils tiennent leur petit club personnel, et l'animent à leur manière selon des critères vaguement établis et parfaitement variables. Néanmoins, quelques vertus cardinales couronnent ce courant : Liberté réelle d'expression, Égalité devant le ridicule, Fraternité avec ceux qui ne pensent pas comme vous. J'aime bien donner raison aux autres, voyez-vous, ça leur fait plaisir et ça me repose. D'ailleurs, je n'ai aucun ego et lorsque je suis sobre, je m'incline devant toutes les idéologies. Mes opinions se réveillent seulement les nuits de bamboche. Dans ce cas-là, je grogne, je revendique, j'argumente, je fiche la pagaille, j'arrose, je parfume, et les lendemains j'ai toujours le tracassin. Me battre pour des idées me déprime lamentablement.

— De bien beaux principes, des précisions qui mériteraient d'être sculptées sur les frontispices des mairies. En somme, une certaine idée de la France que vous puisez dans les fonds pétillants du houblon.

— Oui, oui, il y a un peu de ça… Mais pas seulement. Écoutez-moi… Le Dédé se caractérise, d'abord et avant tout, par un égoïsme de bon aloi, pourquoi tendre la main à son prochain quand celle-ci est vide ?

— C'est plein de bon sens, en effet...

— Il professe souvent un conservatisme sourcilleux, pourquoi changer ce qui marche et a toujours marché ?

— C'est toujours mieux que l'inverse !

— Mais taisez-vous enfin ! Ils font souvent l'inverse ces derniers temps ! Ils changent ce qui marche et inventent des trucs qui ne marchent pas, c'est comme ça ! Il suffit d'ouvrir les journaux pour le déplorer !

— Désolé, continuez, je ne vous couperai plus...

— Merci, petit insolent. Si vous continuez, je vais vous convoquer boulevard de Clichy... Vous aurez le choix des armes ! Le vocabulaire du Dédé est puisé, au choix, dans un dictionnaire délavé et nostalgique. Le Dédé se méfie des théories définitives à propos des sujets qui le dépassent. Le Dédé a suffisamment reçu de leçons sur les bancs de l'école pour accepter d'en recevoir après s'être levé et avoir quitté son bermuda, et plus encore, il refuse d'en donner à son prochain. Il est favorable à une totale liberté de pensée et d'expression. Il est persuadé que plus les âneries sont énoncées plus elles perdent de leur crédit.

— C'est alléchant, cette bienveillance généralisée !

— Pour supporter le grand désordre intérieur

qui le ronge, le Dédé apprécie quand l'ordre règne autour de lui, il ne méprise pas le képi bleu dont la vue, dans la rue, le rassure. L'ordre est une vieille revendication de certains débauchés. Il arrive même à certains Dédés de rêver d'un régime doucement autoritaire. Je fais partie de ceux-là un jour sur deux. Souvent quand je suis sobre d'ailleurs, affirma Henri en pressant sa poire au-dessus de lui pour en renifler les effluves pluvieux avec des airs de suricate.

— Trois jours par semaine alors !
— Oui voilà, les bonnes semaines. Le Dédé ne méprise pas son histoire, il aime ses ancêtres les Gaulois, Clovis, Saint Louis, Jeanne d'Arc, Louis XIV, Napoléon. Il peut être républicain ou royaliste. Il lui arrive d'être anarchiste. Il est farouchement anticommuniste ou parfois même c'est un communiste défroqué. Le Dédé récupère les brebis égarées, il laisse la porte de la bergerie ouverte, il n'est pas rancunier.

— Le Dédé est un loup doté d'une belle âme !
— Une grande âme oui, et des petits principes... Et c'est bien ça toute la subtilité ! C'est surtout ça ! Le Dédé est bourré de paradoxes, c'est un des traits les plus prononcés chez lui... mais ce qui le différencie des Bobos, c'est qu'il les assume, il les revendique même ! Il a le paradoxe en bandoulière. Il l'affiche en vitrine sans complexe. C'est ce qui fait son charme tout en nuances. Il trouve qu'il y a trop d'étrangers en France mais se délecte de kebabs et déambule à Barbès avec plaisir. Quartier où il trouve un

charme irrésistible aux moutons de cheveux qui fleurissent sur les trottoirs des coiffeurs africains. Il souhaite un rétablissement des frontières mais remplit son coffre de cartouches de cigarettes dans les pays limitrophes. Il veut que la loi s'applique fermement mais hurle à la dictature lorsqu'il reçoit ses amendes de stationnement et d'excès de vitesse, qu'il pratique joyeusement avec un verre dans le nez. Il aime beaucoup l'art de la conversation mais ne dédaigne pas les châtaignes pour y mettre un terme. Il veut tailler dans le vif des dépenses sociales mais aimerait conserver ses aides au logement. Contrairement aux Bobos circonscrits dans une catégorie socioprofessionnelle étroite, le Dédé se retrouve partout.

— Si je comprends bien le Dédé boit sec, cogne dur parfois, conduit vite et fume pour réfléchir, il ne serait pas un peu suicidaire ?

— Parfaitement, il y a chez le Dédé un air las parfois, un fond dépressif au pire. C'est un désabusé souriant. Il boit pour oublier, il fume pour se concentrer, par conséquent il est souvent très fatigué. Montesquieu disait : « Dans la débauche vous avez une âme qui se dégoûte de son propre corps. » Tu parles Charles ! C'est mon corps qui se dégoûte de mon âme ! Il boit pour la nettoyer, voilà tout. Mais si vous voulez un Dédé vraiment connu, le plus connu d'entre eux, le parrain des Dédés, un Dédé de standing international, un modèle pour beaucoup d'entre nous...

— Churchill ?

— Vous voyez quand vous voulez ! L'élégance d'esprit, un cigare dans le bec, une main de fer dans un gant de velours qui tiendrait une coupe de champagne et une mitraillette dans l'autre. Il dictait ses discours de son bain ! « J'ai retiré plus de choses de l'alcool que l'alcool ne m'en a retirées », disait-il de sa voix nasillarde. Churchill c'est la quintessence du Dédé. Il n'avait qu'un défaut celui d'être né du mauvais côté de la Manche... vous me direz il a largement rattrapé sa faute de goût en nous débarrassant de l'autre hystérique à croix gammée et en passant une partie de sa retraite sur la Côte d'Azur.

— « Je suis toujours prêt à apprendre, bien que je n'aime pas toujours qu'on me donne des leçons. » C'est lui aussi, je crois...

— Oui, oui, voilà c'est un bon résumé... Enfin vous savez j'ai écrit le manifeste du Dédé il y a quelques mois sur un coin de table, complètement torché, et comme beaucoup de manifestes, celui-ci ne vaut pas grand-chose... Dédé, ça fleure aussi bon pour le paysan de café des campagnes que pour le titi des faubourgs parisiens, ce qu'il en reste du moins. Le Bobo c'est intra-muros. Le Dédé, c'est transterritorial.

Hormis certains outils dont le bois des manches avait été remplacé par un plastique plus souple et léger, et l'apparition révolutionnaire de la brouette sur pneumatiques, les gestes et le matériel du cueilleur de sel étaient les mêmes que sous les Carolingiens. C'était avec un bâton que Jean remuait la saumure, créant, à la force de ses bras le mouvement centrifuge destiné à faire sortir les impuretés de la fleur de sel. Rien n'avait été inventé pour remplacer ce morceau de bois, car cette innovation n'aurait servi à rien, ce progrès aurait été inutile, le morceau de bois remplissait parfaitement sa fonction. C'était une des raisons pour lesquelles il aimait passionnément son métier : il ne s'embarrassait pas de progrès facultatifs. Lorsqu'il avait encore sa télévision, il lui arrivait souvent de tomber sur des pastilles vantant les mérites de technologies présentées comme révolutionnaires et indispensables. Ces inventions étaient souvent vendues par un type au teint terreux, aux lunettes aux montures épaisses et à la coiffure approximative. Ce *geek* s'exaltait souvent sur la possibilité de mettre son poulet à cuire d'un simple coup de téléphone, il frétillait sur son tabouret à l'idée de pouvoir tatouer son visage sur des tartines de pain de mie grâce à un grille-pain avant-gardiste. Il avait débranché le *geek*, et le tube cathodique, en grande partie à cause d'une publicité matraquée par une marque californienne de téléphones intelligents. Cette réclame vendait un appareil qui analysait la météo et vous conseillait en cas de pluie… de prendre un parapluie ; qui vous recommandait, après étude du calendrier, d'offrir des fleurs à votre bien-aimée pour son anniversaire. Il s'était dit que ce téléphone se proposait de remplacer un coup d'œil par la fenêtre pour éviter de sortir en maillot de bain en plein hiver ; que, pétri de bons sentiments, ce téléphone vous orientait vers des fleurs plutôt qu'une serpillière pour célébrer la naissance de votre petite amie. Il s'était dit qu'en Californie des ingénieurs vous suggéraient de remplacer votre cerveau par un boîtier rectangulaire. Parce qu'il lui semblait que, ces dernières années, le sens du mot progrès évoluait étrangement vers une forme de régression, que ce terme était de plus en plus dévoyé à force d'être éructé à longueur d'incantations, il s'était mis à douter de son essence originelle. On lui avait fait oublier ce qu'était le véritable progrès : une amélioration. Pour tenter de le retrouver il avait, un soir d'ivresse, massacré à coups de pied sa télévision et l'avait balancée dans la venelle, au pied de la poubelle, sa sœur jumelle. Le lendemain matin en buvant son café, il avait pu l'observer, recouverte de rosée et revêtue d'une toile d'araignée. Il s'était séparé également de son téléphone en l'offrant à un pêcheur, persuadé que plus le téléphone était intelligent, plus son propriétaire devenait abruti. Il en avait eu assez de l'entendre sonner jour et nuit pour l'alerter des dépêches AFP, des publicités et des relevés bancaires. Il ne voulait plus avoir dans le fond de sa poche un postier hystérique, insomniaque et dégénéré. Son progrès personnel était en marche.

Jean se pressait d'achever le nettoyage de sa fleur, la nuit allait bientôt tomber et il voulait éviter les escouades de moustiques qui l'accompagnaient. Il voulait surtout éviter de croiser son infortuné visiteur matinal. Le propriétaire de la Porsche n'était pas encore passé la récupérer avec un dépanneur et Jean avait redouté tout le jour une nouvelle confrontation. Il n'avait cessé de penser à la scène qui s'était déroulée quelques heures plus tôt. Il s'était interrogé sur la folie qui l'avait poussé à agir ainsi. Oui, au fil de la journée son comportement lui était apparu insensé. Il le regrettait désormais, mais tentait tout de même de le justifier. Selon lui, ce coup de sang n'avait pas seulement été inspiré par le dégoût de voir un inconnu uriner sur le travail de plusieurs semaines. Ce tas de sel représentait un aboutissement, ce type avait arrosé de son urine le fruit de trois ans d'efforts et de sacrifices.

Une abnégation dont Jean ne se serait jamais senti capable auparavant et qui lui procurait une immense fierté. Fierté qu'il considérait ne devoir partager avec personne. Une fierté tue, une fierté sans fanfaronnade, sans étalage. Et la première personne qui venait voir son travail sans qu'il n'ait rien demandé, n'était pas venue pour le complimenter, flatter cet orgueil de taiseux, elle était venue honorer ses efforts en pissant dessus. En agissant ainsi, cet homme lui avait quasiment arrosé le visage. C'est ce sentiment qui l'avait fait sortir de ses gonds au point d'envisager une décapitation à la pelle. En revanche, il ne regrettait pas totalement la scène qui avait suivi : cet accouchement, Jean le garderait en mémoire. Toute sa vie, il se repasserait ce film muet au comique inégalable, scénarisé par une conjonction d'éléments parfaitement ajustés. Il en souriait encore dans sa voiture lorsque, en franchissant le passage à niveau, il vit apparaître à l'entrée de l'impasse du marais au Roy, sous le ciel rouge agonisant caractéristique des fins de journées caniculaires, la dépanneuse enguirlandée de gyrophares. Il posa son bras sur la portière, mit sa main contre sa joue pour dissimuler son visage et accéléra.

Michel n'avait pas pris au sérieux la menace de l'autre fou furieux, mais il fut quand même soulagé de voir que sa Pursche n'était pas en miettes. En arrivant dans les marais avec le dépanneur, il avait cru reconnaître le cinglé dans la guimbarde qu'ils venaient de croiser, mais il n'en était pas certain. Son état matinal ne lui avait pas vraiment laissé le loisir d'observer son environnement avec précision, il ne se souvenait pas de grand-chose. Le reliquat de son ivresse, combiné à la peur et à la colère, lui avait causé une sorte de choc cérébral. Oui, son cerveau avait été traumatisé et lui restituait peu d'images, plutôt des sensations : une odeur d'urine, la sienne apparemment, une suffocation, une bouffée d'air brûlant, un aveuglement, une sécheresse buccale inédite, un faux sentiment de désaltération suivi d'une pétrification de son gosier, des vertiges, l'impression réelle d'être aspiré par ce glouton vaseux, une strangulation, un décollage douloureux, son cuir chevelu torturé et une conversation surréaliste de laquelle il n'avait retenu que le maintien de son interlocuteur. Droit, calme, puissant, presque impérial, imposant malgré une taille tout à fait moyenne. En y repensant sous sa douche – c'est là qu'il était réellement sorti de son hébétude, après avoir pleuré d'accablement – il s'était rendu compte que ce malade mental l'avait impressionné. Positivement impressionné. Sentiment paradoxal. Au fil de l'après-midi, en attendant l'appel du dépanneur, il avait même fini par le trouver magnifique avec ses épaules larges, son regard fixe et fier, le coude posé sur le manche de sa pelle. Il avait vu dans cet homme une puissante beauté, une force esthétique. « Je suis en train de vivre un putain de syndrome de Stockholm », s'était-il esclaffé en sirotant son jus d'oranges pressées. Il avait même été jusqu'à comparer la séquence de la veille à la scène finale de *Le Bon, la Brute et le Truand*. Le décor rocailleux s'y prêtait, le climat aride, cette chaleur sèche aussi. Le Bon avec sa pelle et son regard sûr et perçant... Il s'était, lui, glissé sans honte dans la peau du Truand, défroqué et obligé d'être reconnaissant, à défaut de celle de la Brute. Il avait attribué ce rôle à la vase, cette brute épaisse, sourde et silencieuse. C'était bel et bien un duel qui avait eu lieu, pas une simple blague, il avait failli crever, vraiment crever. Il s'était imaginé hurler : « Blondin, tu es vraiment la pire ordure que la Terre ait jamais portée ! » en direction de ce type qui venait de le ridiculiser... et puis le dépanneur était arrivé et son western imaginaire avait pris fin.

Il avait été vraiment déçu de l'absence de l'homme des marais. Tout l'après-midi sur sa terrasse, il avait préparé leur seconde rencontre, l'entretien qu'ils se devaient l'un à l'autre selon lui. Il aurait commencé par s'excuser. Lui, le fils de maçon, avait dénigré un travail manuel ; lui, le fils d'ouvrier, s'était moqué de cet ouvrier agricole – ou maritime ? Il ne savait pas grand-chose de ce métier et, d'ailleurs, il ignorait même que ce métier existât encore. Il regrettait ce mépris, même s'il l'expliquait en s'excusant partiellement : il n'était pas dans son état normal. Son père aussi avait travaillé avec une brouette avant de prendre sa retraite et que son fils unique lui verse chaque mois un complément de pension conséquent. Il s'en voulait d'autant plus qu'il avait toujours eu un grand respect pour le monde ouvrier, plus particulièrement pour ces ouvriers du bâtiment qui s'emparaient d'une maison délabrée avec leurs outils et leur transistor poussiéreux, mouchetés de projections de peinture et de ciment, et la quittaient quelques semaines plus tard dans un état remarquable, avec une odeur de neuf et de bois poncé. Il payait toujours grassement ceux qui travaillaient pour lui et ils ne l'avaient jamais déçu. Ils l'avaient même souvent sorti de problèmes techniques qui lui semblaient inextricables avec un bon sens et une imagination impressionnants. Ce génie pratique lui avait toujours inspiré une sorte de déférence. Il s'était dit qu'il devait des excuses à son adversaire matinal, au moins pour cela.

Le jour n'était pas encore mort, mais la nuit commençait à s'affaler sur l'horizon lointain, le rouge du ciel se striait de filets plus clairs. Pendant que le dépanneur s'affairait à harnacher la Porsche, Michel s'était allumé une cigarette. Il voulait redécouvrir cet endroit où il avait failli mourir. Il s'était promené, sans trop s'aventurer, prudence somme toute assez normale tant étaient encore présentes dans son esprit les nombreuses chausse-trapes dans lesquelles il était tombé le matin même. La chaleur fracassante avait laissé place à une brise tiède et iodée qui flattait le visage délicieusement, un vent enivrant. À ses pieds s'étendait une galerie de miroirs froissés de friselis qui mélangeaient orange et rouge du ciel en une couleur d'orange sanguine. On entendait les oiseaux sans les voir, ils ne volaient pas, ils étaient là, mais ne se montraient pas. Au loin, les cloches d'une église sonnaient neuf heures. Michel ne sut pas discerner d'où provenait ce carillon. Il prit conscience qu'en un mois de vacances, il n'avait pas exploré la région, que seul un éthylisme égaré l'avait poussé malgré lui à cette visite forcée. Il se sentit con, il se sentit bien. Le panorama qui l'enveloppait valait bien une ivresse. D'ailleurs c'en était bien une qui s'emparait de lui à ce moment même. Une ivresse sans autre conséquence qu'un sentiment de bien-être étourdissant. Une ivresse qui lui donna l'impression que le clocher sonnait une deuxième fois neuf heures. À moins que ce ne soit un autre clocher, une autre église. Une ivresse qui s'envola, sans laisser de gueule de bois, lorsque le dépanneur fit vrombir son moteur pour tracter la Porsche. En grimpant dans la dépanneuse, il jeta un dernier coup d'œil autour de lui, il partait à regret, il reviendrait.

Dans le camion, à côté du dépanneur qui envoyait des textos les coudes posés sur le volant, Michel songea à la manière de rentrer en contact avec le paludier. Il se doutait bien que celui-ci ne l'accueillerait pas comme le Messie. Il pensa lui proposer un chèque pour le dédommager, mais une compensation pécuniaire serait-elle suffisante ? Il ne se souvenait pas avoir vu dans le regard pers de son interlocuteur la déception due à un quelconque manque à gagner, mais plutôt la colère devant le mépris dont il avait gratifié son travail. Ce type ne faisait probablement pas ça pour l'argent. Il se demandait d'ailleurs ce que pouvait rapporter ce métier. Peut-être se trompait-il finalement, peut-être que ce tas de sel valait une fortune. Il n'en savait rien. Cette profession, dont il ignorait l'existence avant de pisser dessus, le fascinait désormais et l'homme le fascinait plus encore.

Il n'avait jamais éprouvé une affection débordante pour ses semblables. Il n'en avait jamais eu le temps, ni vraiment l'envie. Certes il avait eu des amis à l'école, des camarades de récréation plutôt, mais le mercredi après-midi et les week-ends il préférait toujours ramasser des feuilles pour quelques sous dans les jardins des voisins aux parties de balle au camp avec les autres enfants. Une tirelire pleine avait toujours eu plus de valeur pour lui qu'une victoire à la baballe. Il n'avait jamais eu d'ennemis, personne ne s'était jamais moqué de lui, mais personne non plus ne l'invitait aux anniversaires et il ne s'en émouvait pas pour autant. Cette distance avait toujours suscité un intérêt chez les filles, elles mettaient cet éloignement sur le compte d'une touchante timidité teintée d'un certain romantisme. Le romantisme du cavalier solitaire. Elles venaient nombreuses et repartaient dès qu'elles comprenaient qu'elles fréquentaient une banale calculatrice. Ce quiproquo lui avait valu un très beau palmarès, malgré un physique éloigné des canons du jeune minet à succès. Plus tard, des filles vinrent pour l'argent qu'il gagnait, sans qu'il s'en émeuve non plus. À Nantes où il s'était installé, il fréquentait un tas de gens, en connaissait plus encore, mais s'il était sollicité toutes les semaines pour des soirées, des cocktails ou des dîners, personne en revanche ne l'invitait à partager un poulet le dimanche. Cela l'arrangeait car le dimanche il travaillait. Il étudiait les offres à proposer la semaine suivante. Il n'avait en réalité qu'un ami fidèle : le prix au mètre carré. C'était le seul compagnon qui le faisait se déplacer loin, tard, et avec qui il était heureux de passer des soirées entières.

L'unique personne à l'avoir appelé « mon ami » était un drôle de type croisé dans le hall du Royal Monceau, où il s'était installé pendant sa recherche d'appartement. Cet endroit était une élégante annexe d'aéroport où fusent les horaires de vol, où le nom des capitales est lancé comme autant de cartes de visite aériennes. « J'arrive de Toronto. » « J'étais à Moscou hier encore, je repars ce soir à Marrakech. » Ces déclarations permettaient à ceux qui les entendaient de chiffrer l'importance des voyageurs au nombre de kilomètres qui les avaient déposés dans ces beaux fauteuils Chesterfield revisités. Michel avait relevé que, dans ce bel écrin, même les livres s'étaient envolés pour atterrir à trois mètres de hauteur, objets de décoration inaccessibles. Pour lui, les livres s'étaient posés dans sa vie et sa bibliothèque lorsqu'à vingt ans il avait réalisé qu'un vernis culturel et littéraire lui faisait terriblement défaut lors des dîners à rallonge avec les notables nantais. Il lui avait semblé indispensable d'élever son esprit pour s'envoler socialement. Dès lors, sur les conseils d'un journal recensant les *100 livres à avoir lu absolument*, il dévora, avec la même voracité que ses manuels de droit immobilier, les classiques qui lui permettraient de paraître, non pas brillant, mais moins con.

Alors qu'il prenait son café tous les matins en épluchant la presse spécialisée, il avait remarqué cet homme empâté avec une coupe de cheveux gonflée à l'hélium, une raie au milieu de vaguelettes vaporeuses et grotesques et un visage poupard, aux yeux globuleux de poisson-lune, assez sympathique au premier abord. Il était venu s'asseoir à sa table, sans que Michel n'ait rien fait pour obtenir cet intérêt. D'un geste assez autoritaire et en appelant le serveur par son prénom, il avait commandé deux cafés, sans que Michel en ait éprouvé l'envie. Il s'était présenté comme un entremetteur, une sorte d'expert en relations publiques. Il avait dégainé avec une certaine maestria sa carte de visite. Il s'appelait Pierre-Jean Machin-Chose indiquait le carton coquille d'œuf d'une qualité épatante. Il avait remarqué Michel depuis plus d'un mois et avait éprouvé assez naturellement, disait-il, de la sympathie pour lui. D'un ton doucereux, son bienfaiteur l'avait bombardé de questions auxquelles Michel avait tenté de répondre, sans vraiment saisir leur but. « Ça doit marcher, les affaires, pour vivre ici ! », s'était exclamé ce Pierre-Jean en ouvrant ses bras pour souligner le faste des lieux. Michel avait alors réalisé que ce type s'était renseigné sur lui, mais étrangement ça ne l'avait pas dérangé, ça l'avait même un peu flatté. « C'est pour moi, les cafés ! », avait lancé généreusement son interlocuteur, sans que Michel n'ait manifesté l'envie de les payer. Pierre-Jean lui avait ensuite imposé un petit-déjeuner le lendemain, tout en s'excusant de ne pas avoir plus de temps à lui consacrer, sans que Michel n'ait éprouvé le désir d'en passer plus en sa compagnie.

Le matin suivant, il s'était retrouvé en face de ce Pierre-Jean, toujours sans comprendre pourquoi. Celui-ci vibrionnait littéralement dans son fauteuil, il s'était apparemment souvenu avoir dans son carnet d'adresses une flopée de contacts dans l'immobilier dont Michel serait bien inspiré de faire la connaissance. Son refus poli fit passer furtivement dans le regard de son interlocuteur un reflet non pas de surprise mais relevant plutôt de la contrariété, une contrariété hargneuse. Afin de l'apaiser, Michel lui expliqua que la recette de sa réussite se basait sur la discrétion et les chasses en solitaire. Pour le consoler, il lui demanda d'avoir l'amabilité de lui présenter des gens fortunés qui pourraient convenir à ses nouveaux desseins. Il souhaitait quitter la profession de marchand de biens, négativement connotée, pour s'orienter vers le monde plus respectable de l'immobilier de prestige. Pierre-Jean jubila, en se masturbant les boutons de manchette, il lui affirma qu'il avait devant lui le meilleur carnet d'adresses de Paris pour ces choses-là. Et d'ailleurs, ça tombait plutôt bien, Pierre-Jean organisait, dans une quinzaine de jours, une réception où seraient présents les descendants des plus vieilles familles aristocratiques d'Europe. Il convia généreusement Michel à cette sauterie où « l'élégance le disputerait à l'histoire », selon sa grandiloquente formule. Durant les deux semaines qui les séparaient de ce pince-fesses, Michel fut enrobé par les attentions de son nouvel ami. Celui-ci l'appelait sans cesse, afin de prendre de ses nouvelles, sollicitait son avis et donnait souvent le sien sur tout, sur rien, sans que Michel... Au bar de l'hôtel, Pierre-Jean orchestrait un défilé d'inconnus. « Connaissez-vous mon ami Michel ? » « Vous ai-je déjà présenté Michel, un bon ami. » « Il faut absolument que mon ami Michel vous rencontre ! » Le plus souvent l'ami Michel était aussi embarrassé que les gens qui lui étaient présentés, mais Pierre-Jean avait l'air satisfait, il faisait son métier, il le faisait obséquieusement et son comportement distrayait le jeune provincial en rendant supportables toutes ces rencontres inutiles. Il concédait un certain talent à cet homme étrange qui s'était imposé à lui.

« Ah oui j'oubliais, la soirée est en smoking, tu en as un évidemment ! », lui avait lancé Pierre-Jean trois jours avant la soirée. Sans savoir pourquoi, Michel avait répondu par l'affirmative, peut-être qu'inconsciemment il n'avait pas souhaité décevoir ce nouvel ami. Il s'en était voulu d'avoir menti pour si peu, d'avoir menti tout court. Il commençait à penser que cet encombrant ami lui siphonnait le cerveau avec ses attentions perpétuelles.

Le pince-fesses lui offrit sur un plateau l'occasion de briser la chaîne que Pierre-Jean attachait avec beaucoup de talent autour de sa cheville. Dans un salon aux tentures cramoisies et sous un plafond surchargé jusqu'à la nausée, chevrotait avec componction tout ce que l'Europe comptait de belles particules. Des personnes charmantes, à la conversation délicieuse, et, effectivement, à l'élégance rare, mais aucun de ces convives, même en mentant, ne pouvait nier qu'il avait connu la dernière guerre, qu'il l'avait traversée à genoux de bébé ou à foulée d'adolescent. Quarante ans, au bas mot, séparaient Michel du plus jeune de ses interlocuteurs. « Vieilles familles ne voulait pas forcément signifier vieux membres de ces familles », avait-il pensé, très déçu et un peu agacé en regardant Pierre-Jean déambuler au milieu de tous ces honorables vieillards. Michel prit le parti de s'en accommoder et éprouva un certain plaisir à converser avec les autres invités. La première femme qui vint lui parler lui affirma qu'elle s'était retrouvée, bébé, dans la même pièce que l'impératrice Eugénie. « Je ne m'en souviens pas, bien entendu, hélas d'ailleurs, j'aurais tellement aimé que cette rencontre fût le premier souvenir de ma vie ! » Michel avait tenté de mettre une date approximative sur cet événement, mais dépourvu de carbone 14 et de culture historique – il ne savait pas quand avait bien pu mourir l'impératrice – il n'avait pas réussi à donner un âge à cette charmante vieille dame au regard malicieux. Puis il fut embarqué dans une conversation où il était question de la santé, forcément vacillante, d'un descendant de la famille de Savoie. Michel, un peu étourdi par l'Histoire à portée de main, s'était surpris à souhaiter un prompt rétablissement à ce brave homme qu'il ne verrait jamais. Il fut ensuite pris à partie par un vieillard se parant d'air de conspirateur. Il fallait que celui-ci l'informe à tout prix sur la personnalité de son nouvel ami.

Après l'avoir écarté des petits groupes qui parsemaient le salon, l'homme l'informa de tout le mal qu'il pensait de Pierre-Jean. « Ce Pierre-Jean est un imposteur de la pire espèce. D'ailleurs ce cuistre ne s'appelle pas Pierre-Jean mais Jean-Pierre, un Jean-Pierre trop banal pour faire profession d'entourloupe dans un milieu qu'il ne cesse de vouloir intégrer et que sa flagornerie pathétique relègue à jamais au rang de laquais. S'il faisait trente centimètres de moins, je lui offrirais volontiers un chapeau à clochettes pour qu'il nous serve de bouffon. Ceci dit, il est déjà hilarant sans couvre-chef, ne trouvez-vous pas ? Méfiez-vous de lui, vous me semblez sincère, mais qui ne l'est pas à ses côtés ! », s'esclaffa le vieil homme à la formule vive tandis que Michel regardait Jean-Pierre s'ébrouer au milieu de dames d'âge plus que mûr dont il baisait allégrement les doigts, mais dont on pouvait imaginer sans peine qu'il puisse pareillement se traîner à leurs pieds, du moment que cela serve sa carrière. Michel fut pris de nausées en réalisant que Jean-Pierre et lui avaient usé du même procédé pour gravir plus facilement les premières marches de cet escalier en colimaçon qu'on nomme ascension sociale. Puis il se ressaisit, Jean-Pierre était peut-être son reflet dans le miroir des vanités, mais lui avait déjà fait fortune et un mariage avec une jeune marquise n'aurait été qu'un couronnement. Là résidait, selon lui, toute la différence entre l'arrivé et l'arriviste : Michel considérait sa vie comme déjà réussie. Il passerait le restant de celle-ci à cultiver son petit jardin patrimonial, arrachant les mauvaises herbes et les racines qui le rattachaient à ses anciennes pratiques légalement amorales, bouturant ses bénéfices pour faire fleurir son capital. Il serait le jardinier hédoniste de son confort. De son côté, Pierre-Jean contemplerait à jamais, de ses yeux exorbités par l'envie, ce festin auquel il attendait en vain, l'échine pliée, d'être convié. En espérant que tombent les miettes, ce gueux s'étourdissait de courbettes.

Considérant qu'il avait poussé l'exercice généalogique au-delà de ce qu'il aurait jamais pu imaginer, Michel profita d'une conversation autour d'un vague projet de restauration des Bourbons dont l'idée caressée suffisait à redresser, tels des fleurets, toutes ces colonnes vertébrales courbées par la pratique du thé à jambes croisées, pour s'éclipser discrètement. Il n'était pas du genre à troubler l'Histoire en marche sous prétexte d'un au revoir. Il s'apprêtait à quitter cette scène historique, à sortir de ce tableau sur la pointe des pieds lorsque Pierre-Jean le rattrapa au vestiaire.

— Vous n'allez pas partir comme ça ! Sans merci, ni au revoir ! dit-il en lui saisissant l'épaule avec une amicale hostilité qui fit passer Michel d'un mépris moucheté de pitié à une irrépressible volonté d'humilier cette mauvaise copie de lui-même.

— J'en ai bien peur hélas, il se trame dans ce salon une révolution fragile qu'un murmure pourrait anéantir. Je n'ai rien contre les changements de régime et dans un pays fiévreux et explosif comme le nôtre, une gérontocratie ne me semble pas totalement inappropriée. Il faut injecter à ce pays éruptif une bonne dose de camomille. Je vous ai déjà trouvé un slogan électoral : « Pierre-Jean pour la France et l'Histoire le disputera à l'élégance », qu'en pensez-vous ?

— C'est excellent ! Vraiment, c'est excellent ! Restez un petit peu, je vous prie, je voulais vous parler de mon club, j'aimerais tant que vous en fassiez partie. Il s'agit du « Club des décideurs » qui réunit tout ce que Paris compte de leaders, cela pourrait mettre du liant dans vos affaires. Je vous ai apporté le formulaire d'inscription et un bon de souscription... avait répondu Jean-Pierre frappé par une sorte de dyslexie faciale, le message de ses yeux échouant à se coordonner avec le signal envoyé par son sourire.

— Je veux bien remplir votre sébile à une seule condition. Si j'intègre votre club de décideurs, je veux pouvoir décider de ne jamais y mettre les pieds et, en échange de mon argent, je souhaite que vous m'oubliiez dès le papier signé, asséna Michel, bien décidé à voir ce que ce larbin était prêt à endurer pour gonfler la trésorerie de son club.

— C'est bien dommage… je ne vous comprends pas… enfin c'est vous qui décidez. Sachez toutefois que nous organisons des dîners à thème chaque semaine avec le gratin de la politique, de la finance et parfois même du spectacle. Ces dîners ne sont pas compris dans la cotisation annuelle… précisa cérémonieusement Pierre-Jean en tendant son formulaire d'une main tandis qu'il fouillait de l'autre sa poche intérieure pour se saisir de son stylo, un Montblanc d'une banalité confondante, de ses doigts adipeux dont l'un d'eux était violé par une chevalière aux armoiries en toc remontant aussi loin dans la nuit des temps chevaleresques que la création de Facebook.

— Trois mille euros par an… ça fait cher l'inscription au musée… À ce prix-là, je vais vous demander d'effacer mon numéro de votre téléphone devant mes yeux. Tout de suite, intima Michel en signant « Mickey Mouse » sur le formulaire.

— Oui, oui, bien entendu, je vais le faire !

Avez-vous du liquide ou un chéquier ? demanda Pierre-Jean dont la bouche se déchirait en rictus.

Il retenait ses protestations, qui, en flux puissant, trouvèrent refuge dans sa veine frontale, dont les palpitations empourpraient tout son visage.

— Je vais vous faire un chèque, à quel ordre dois-je le remplir ? Pierre-Jean ? Jean-Pierre ou Pierre-Jean-Pierre ?

— Inscrivez Club des décideurs ! répondit Pierre-Jean très nerveusement, en sortant son foulard de sa poche pour éponger son front purpurin et apaiser la veine qui frôlait la rupture d'anévrisme.

— Vous êtes répugnant... lui dit-il en laissant tomber le chèque à ses pieds.

Après avoir timidement papillonné celui-ci s'échoua entre les deux mocassins à glands du Prince des Pacotilles.

— Maintenant effacez mon numéro, et engagez-vous à ne plus jamais vous imposer à ma table. J'existe pour le monde entier sauf pour vous, c'est bien compris ?

— Oui, oui voilà, regardez j'efface votre numéro. Là, regardez, je le supprime. Vooooilààà ! dit-il en appuyant frénétiquement sur son clavier.

— Vous êtes le ténia de l'humanité, enfonça Michel avec une perverse délectation.

— Mais ça suffit ! répondit Pierre-Jean, en levant le bras dans un mouvement de colère.

— Vous n'allez tout de même pas frapper un

éminent membre de votre club ! rétorqua Michel en ricanant.

Pierre-Jean ne répondit pas et tourna ses souliers dans la direction du salon, puis s'éloigna en fulminant d'une démarche louisdefunesque tandis que Michel décidait d'appeler sa banque le lendemain matin pour ordonner l'annulation du chèque. Il déplora que tout comme lui, Pierre-Jean-Pierre fût prêt à toutes les vilenies pour gagner sa vie.

Ainsi s'était achevé ce qui, dans la vie de Michel, s'était le plus approché d'une vague définition de l'amitié. Il repensait à cette scène avec une jubilation assoupie quand le dépanneur lui signifia, en lui bousculant l'épaule, qu'ils étaient arrivés devant l'hôtel depuis un bon moment.

Demain, il louerait un vélo pour découvrir la région, s'était-il promis en regardant sa Pursche partir derrière le camion.

Jules Kedic pouvait se targuer d'avoir un taux d'élucidation tout à fait remarquable dans la traque estivale des bicyclettes, des mobylettes et des scooters volés. La courbe de ces larcins connaissait une croissance structurelle tous les week-ends de juillet et août et redevenait atone le reste de la semaine malgré quelques cahotements, bien compréhensibles, le 15 juillet et le 16 août. Avec l'expérience, il savait parfaitement quels fossés servaient de débarras pour les vélos et sur quels parkings de grandes surfaces les deux-roues motorisés seraient abandonnés. Contrairement à ses illustres confrères de la Criminelle, aucun crime non élucidé ne hantait ses nuits. Il faisait aisément son deuil d'un Booster à jamais volatilisé, d'une bicyclette Gitane définitivement kidnappée et son discours pour annoncer cette perte à la famille du disparu était bien rodé et déclenchait rarement un mélodrame. Dans le pire des cas, il devait faire face à un profond mécontentement, pimenté de reproches, rapidement attiédi par la perspective d'un dédommagement de l'assurance. Était-ce sa faute si, pour une fois, le voleur avait fait preuve d'originalité ?

Les samedis et dimanches, il parcourait donc sur son vélo municipal un circuit immuable, inspectait fossés et parkings de supermarchés et rendait compte au poste de l'avancée de ses recherches. Il n'avait pas honte de le dire, il se mettait littéralement dans la tête et à la place de ces psychopathes éphémères : un bar qui ferme, une flemme éthylique, une fantaisie ébrieuse, une maison lointaine, un vélo disponible. Le voleur de bicyclette était majoritairement un mâle blanc, souvent mineur, toujours ivre, qui souhaitait rentrer chez lui. La plupart du temps, l'objet du larcin était abandonné à moins de cent mètres de la maison du délinquant, souvent une résidence secondaire d'ailleurs. Au début de sa carrière, six ans auparavant, avec un invraisemblable professionnalisme, Jules Kedic avait enquêté pour retrouver les coupables. Il avait tapé aux portes, interrogé le voisinage et interpellé, dans un calme absolu et souvent courtois, ces bandits de grands chemins. En effet, à son grand regret, aucun voleur de bicyclette ne s'était jamais échappé par une fenêtre. Ce qui lui aurait peut-être valu un articulet relatant la traque dans *L'Écho de la Presqu'Île*. Il imaginait cet article virilement intitulé : « L'adjudant Kedic ne lâche jamais rien », avec une photo très sombre le représentant les poings sur les hanches, très fier. Il avait fait son deuil d'une notoriété cantonale et se contentait désormais des saluts poliment reconnaissants des victimes des années précédentes, quand il les croisait dans les rues du Croisic. Il avait d'ailleurs très vite cessé d'enquêter, ces interpellations n'entraînaient guère de gloire mais l'assommaient toujours de formulaires à remplir et Jules Kedic avait autre chose à faire l'été que de remplir des formulaires. Et puis le voleur de vélo penchait rarement vers la multirécidive, du moins dans ce recoin géographique de l'hexagone.

Vers quatorze heures, sa tournée achevée, Jules Kedic pouvait s'adonner aux plaisirs de l'observation ornithologique dans les marais salants, marotte alimentée par des fiches bristol plastifiées et approfondie par une paire de jumelles, innocemment sponsorisée par la gendarmerie. Le cumul de ses deux chasses quotidiennes offrait le soir venu au gendarme une satiété intellectuelle qui se manifestait par des somnolences repues devant son téléviseur. L'absence de surprise étant le premier des conforts, c'est peu dire que Jules Kedic était un homme comblé.

Ce jour-là, allongé sur un matelas d'herbes, les coudes plantés en V dans la terre gercée, il observait avec ses lorgnettes ce qui lui semblait être une guerre de territoire entre un canard noir et une grande aigrette. Mise en scène tout à fait inédite, qui voyait le canard plonger autour du héron tandis que celui-ci hérissait alternativement sa houppette avant de piquer l'eau de son long bec. Jules Kedic regrettait de ne pas avoir de caméra pour filmer cette manière de combat de rue entre volatiles, persuadé qu'il aurait pu vendre cette scène à la télévision au mieux, ou la mettre sur YouTube au pire. Alors que le clocher de Bourg de Batz s'apprêtait à entamer son dialogue horaire avec celui du Croisic, Jules se demandait comment il pourrait justifier l'achat d'une caméra auprès de ses supérieurs, lorsque ses réflexions stratégiques furent brutalement abrégées par un cri effrayant. Un cri long et aigu qui glaça les sangs du gendarme et mit un terme aux chicanes de quartier des deux racailles plumées qui s'envolèrent chacune de leur côté. Les deux oiseaux étaient déjà des points dans l'horizon lointain quand le hurlement finit de fendre les tympans de Jules. « Un tel cri réclame l'expertise d'un gendarme », s'était-il dit en enfourchant son vélo municipal. Il provenait des derniers marais avant le traict, ceux qui se trouvaient au bout de l'impasse du marais au Roy. En quelques vifs coups de pédales, Jules se retrouva « sur zone » selon l'expression consacrée. Une jeune promeneuse tout ce qu'il y avait de plus banal se tenait à genoux, les mains sur les joues, devant une vasière, tétanisée par ce que Jules imagina être une apparition de ragondin ou de quelque bestiole effrayante que la sournoise nature met sur le chemin des flâneurs sensibles. Il s'apprêtait à consoler cette dame, et même, pourquoi pas, à lui proposer de la ramener au bourg puisque l'heure coïncidait parfaitement avec la fin de son service, lorsqu'il vit, sortant du miroir d'eau, une paire de pieds dont l'emplacement et le sens n'avaient rien de logique. La plante des pieds, tournée vers le ciel, présentait une croûte de glaise séchée. Suivant scrupuleusement les règles indécrottables de l'anatomie, ces pieds étaient précédés d'une paire de jambes que l'effet d'optique aquatique raccourcissait. Cette illusion avait pour drôle de conséquence de rendre les pieds immenses.

Une brève carrière de pompier volontaire avait vacciné Jules contre les nausées que pouvait susciter le spectacle de la mort. « Serait-ce un korrigan ? », s'exclama le gendarme. La jeune femme, son regard atterré fixé sur cet homme à l'humour douteux, commença à reculer en se traînant sur le sol. Jules Kedic déplora aussitôt son mauvais trait d'esprit – peu digne de la maréchaussée dans de telles circonstances – et s'excusa confusément en lui tendant une main qu'elle refusa. Ce faisant, il constata que les fesses de son témoin barbotaient dans des traces de sang. Il s'excusa derechef, sachant pertinemment que cette information pouvait la faire basculer dans l'hystérie qui, selon Alfred Hitchcock, est le propre de la femme qui a peur. « Je vous prie de bien vouloir m'excuser, mais il semble que votre postérieur efface les preuves ! » Cette prévenance fut loin d'être suffisante et la promeneuse se remit à hurler en découvrant les traînées de sang séché entre ses jambes. Elle entama alors un drôle de déplacement, digne d'une tarentule. Le torse vers les cieux et les membres au sol, elle tenta de s'éloigner des preuves sanglantes. Apparemment peu habituée à cette démarche arachnéenne, elle s'étala sur une bande d'herbe. Alors que, arrivant des marais alentour, des grappes éparses de paludiers et de cueilleurs de sel intrigués par cette série de hurlements se rapprochaient de la scène de crime, le gendarme s'empara de son talkie-walkie pour annoncer un assassinat au bout de l'impasse du marais au Roy. Sa renommée cantonale ne faisait plus de doute et sa photo dans la gazette était assurée mais, en regardant les pieds dressés dans la vase, il se dit que ceux-ci puaient les formulaires à plein nez.

Une fois encore, Jean déplora que son orgueil, clef de caractère assez neuve dans le trousseau de ses défauts, lui ait intimé de refuser l'aide d'un saisonnier. Contrairement à ce que certains de ses collègues pensaient peut-être, ce n'était pas par lésinerie qu'il déclinait toutes les offres de services que venaient lui présenter des jeunes du coin dès le mois de mars – certains spontanément, d'autres envoyés par la coopérative. Il les éconduisait avec un filet de politesse rudimentaire. Un « non merci » marmonné d'un ton sec renvoyait hors de sa vue les postulants empotés aux curriculum vitae bien vite empochés. Il se sentait capable d'accomplir seul la tâche maigre d'une saison abîmée par les éléments : la pluie, la grêle, le vent froid, et même une fois du grésil au mois d'avril. Pourtant, le destin ne produisant pas toujours le pire, il s'était parfois trouvé contraint d'accepter de l'aide pour répondre à une abondance imprévue. Et ayant attendu le dernier moment, il avait dû employer un ton de miel pour convaincre un des candidats de revenir en urgence.

L'année précédente, il avait embauché une saisonnière volontaire. Cette postulante l'avait surpris remâchant une humeur de grisaille. Curer la nappe de vase pour mettre à jour les fonds argileux était l'aspect de son métier qu'il exécrait le plus. Il ne le faisait qu'en grommelant l'envie de tout envoyer balader. Cet exercice de force et les exhalations fétides des tréfonds boueux étaient bien loin de la geste légère et esthétique du reportage de France 3. Se pensant seul, il traitait la vase comme une gueuse, en l'insultant à chaque coup de reins, en ahanant comme un dément. Les marais lui laissaient cette liberté de comportement. Il en profitait pour hurler, chanter, rire, raisonner à ciel ouvert, faisant des oiseaux les seuls juges des fluctuations de ses états d'âme. Il avait l'habitude des moqueries du ciel que lui servaient des mouettes rieuses, ambassadrices aériennes de mauvais esprit, mais ce jour-ci les railleries arrivèrent de plus bas. Quelqu'un se moquait de lui par-derrière, dans son dos. Une fille se tenait là, les mains dans les poches d'une salopette de garçon, cigarette finement roulée à la bouche, le teint mat que faisaient briller divers anneaux dans ses lèvres, ses paupières, son nez et avec dans les oreilles des tiges de bois. Une broussaille de cheveux châtains, avec une liane de rasta plus longue, un regard céladon, un nez fin, des lèvres fluo, des traits parfaits massacrés par la quincaille, une queue de reptile tatouée – un dragon ? – jaillissait de son épaule et tentait de l'étouffer en enveloppant partiellement son cou gracile. « La panoplie intégrale de la marginale », avait pensé Jean en la dévisageant. Sur les fiches de ses jugements personnels, elle cochait scrupuleusement toutes les cases distinguant les espèces indésirables et les nuisibles, au même titre que les ragondins, les cyclistes professionnels, les blattes, les écologistes des hauts plateaux télévisés – de ceux qui montent polluer l'air dans leurs hélicoptères comme on monte en chaire, pour expliquer aux foules pécheresses qu'elles ont saccagé la planète –, les termites, les propriétaires de camping-car, les chenilles processionnaires et les animateurs de téléréalité. En révolutionnaire de pacotille, Jean avait déclaré ces derniers ennemis du peuple et il les aurait volontiers condamnés à la guillotine s'il s'était trouvé en possession des mêmes pouvoirs arbitraires que Robespierre le sanguinaire. L'étendue de son totalitarisme ne dépassant guère les murs de sa chaumière, le câble de sa télé fut la seule chose qu'il put trancher. Quant à l'espèce à laquelle appartenait sa candidate, il la vomissait car, selon ses critères, leur accoutrement reflétait parfaitement le merdier de leur pensée. En dépit de son apparence, et grâce à cette douce et moqueuse insolence, il avait fini par l'embaucher quelques semaines plus tard par nécessité, absence de choix et sentiment d'urgence. Et encore un an après, il portait plus que jamais le fardeau des sentiments que

Domitille lui avait laissé dans le cœur et sur les bras. Il avait pris conscience, une fois encore, que la fréquentation d'un humain rend toujours le cours des choses incontrôlable.

Si le beau temps persistait, il lui faudrait cette année aussi se résoudre à appeler les gens de la coopérative pour qu'ils lui trouvent quelqu'un. Peut-être serait-ce sa plus belle saison, se disait-il en triant sa fleur de sel. Cette tâche lui plaisait, ce travail patient et méticuleux était une des médailles qui cliquetaient désormais sur le plastron de ses satisfactions et qui venait se mêler à celles, tout aussi nouvelles, du courage et de l'indépendance. Jean voyageait, et sa fierté avec, lorsqu'il imaginait son or blanc servi dans les grands restaurants du monde entier. Ces sachets de vanité besogneuse iraient rehausser des poissons à Tokyo, seraient balancés par pincées sur des côtes de bœuf à Buenos Aires, allaient décorer dans des écrins de bois une grande table de New York, enneiger de leurs flocons des saumons en Norvège, ces cristaux viendraient sertir le jaune d'œuf orange des galettes de la région, iraient faire grincer le moelleux des bonbons caramélisés. Devant son baquet, la chaleur, la brise et le silence en guise de dames de compagnie, Jean se sentait furieusement utile, lui qui n'avait servi à rien durant les trente premières années de sa vie. « Il n'y a de vraiment beau que ce qui ne peut servir à rien ; tout ce qui est utile est laid », avait décrété Théophile Gautier. S'il fallait se fier à cette définition, Jean s'était montré splendide durant trente ans et l'avait revendiqué ; il était laid désormais, laid et satisfait de l'être.

Il remplissait son dernier sac de fleur quand il aperçut au loin une bicyclette s'engager sur le passage à niveau. Les marais étaient libres d'accès, mais il voyait toujours d'un mauvais œil ceux qui en profitaient. La plupart du temps, les touristes débarquaient comme au musée, le prenaient en photo comme un mannequin chez Madame Tussauds – les plus hardis lui demandaient même de prendre la pose. Les gosses couraient sur les guenoles comme s'il s'agissait d'un labyrinthe sans haie, tandis que les parents le sommaient d'expliquer en deux minutes ce qu'il avait appris en cinq ans. Parfois, certains se servaient en gros sel comme s'il s'agissait de châtaignes tombées naturellement du ciel, sans demander. Ainsi, lorsqu'il voyait des vacanciers franchir la voie ferrée, il commençait à entraîner à la fois sa patience et ses zygomatiques, afin de ne pas nuire à l'image de toute la profession. « Oui c'est un privilège de travailler dans un cadre pareil », dirait-il à ce citadin. « C'est une bonne saison cette année, nous avons de la chance », rassurerait-il ce cycliste soudain soucieux de ses conditions de travail. « Non, je ne vends pas directement, il faut s'adresser à la coopérative mais si vous avez un sachet vous pouvez en prendre une poignée », répondrait-il sans doute, au souhait du touriste de se servir à la source, privilège des initiés qui lui permettrait de briller en société. « J'ai sympathisé avec un petit paludier, bourru mais charmant, la saison est bonne pour eux cette année. Il m'a offert un sachet tout juste sorti de l'eau ! », se vanterait-il probablement au barbecue du soir. C'était une fantaisie assez répandue chez l'estivant de se sentir intégré à son lieu de villégiature. « J'ai découvert un petit boucher... Je vais aller voir mon petit poissonnier, il me connaît bien et me réserve toujours des pièces de choix... » Le touriste aime se sentir unique. Il était probablement devenu le « petit paludier » de centaines de vacanciers et s'en accommodait, sans comprendre vraiment pourquoi l'artisan local est toujours « petit » dans leurs bouches.

Il s'apprêtait à dire et entendre toutes ces choses-là en chargeant les sacs dans sa brouette, quand il crut reconnaître sur le vélo son pisseur de la veille. Il envisagea d'aller se cacher dans sa cabane mais il était trop tard et sa voiture avait probablement déjà trahi sa présence. « Ce type est-il décidé à tourmenter toutes mes journées ? », bougonna-t-il en cherchant la meilleure attitude pour le recevoir. Comme tous les cyclistes dans les marais, son visiteur pratiquait un coup de pédale malhabile et saccadé : ils voulaient tous éviter les cahots du chemin et profiter du paysage en même temps. Jean se demanda s'il allait encore lui offrir le spectacle d'une cabriole clownesque mais, à son grand regret, il le vit descendre de sa monture pour terminer sa course à pied. Arrivé aux abords du mulon de gros sel, son visiteur hésita longuement, ne sachant où poser son vélo. Il tournait la tête comme un pivert, probablement à la recherche d'un endroit respectueux des lieux et du travail de leur propriétaire. Cette sollicitude l'amusa beaucoup et le toucha un peu. Puis le cycliste se souvint que sa bicyclette disposait d'une béquille et, après trois coups de talon inefficaces, il parvint à l'enclencher. À peine s'était-il retourné pour avancer vers Jean que son vélo s'effondra dans son dos. « J'ai affaire à un génie », murmura le paludier, avant de se racler la gorge pour éclaircir sa voix. Son visiteur semblait tétanisé par cette situation. Il regardait la bicyclette à terre puis tournait la tête vers Jean, ne sachant que faire en premier. Saluer Jean au risque de se faire rembarrer pour sa négligence ou relever son vélo au risque de paraître plus ridicule encore. Esquissant un sourire grimaçant de nervosité, il choisit de ne pas choisir et, tout en se penchant sur la machine, il fit un signe de la main, auquel Jean ne répondit pas. C'était un homme au comble de l'embarras, les bras ballants, qui lui faisait face maintenant.

— Heu... Vous vous souvenez de moi, j'imagine... demanda timidement Michel la main tendue.

— Non absolument pas. Je devrais ? lui répondit Jean, avec une voix de fausset qui l'étonna, en acceptant la main qui s'offrait.

— Je m'appelle Michel, nous nous sommes vus hier, vous savez... la bâche... la voiture... enfin vous vous en souvenez sûrement... ânonna

Michel, qui se demandait ce qui lui avait pris de venir se faire humilier une seconde fois.

— Ah oui, ça me revient ! Vous êtes celui qui a uriné sur mon travail, qui a pollué mon sol avec son essence et qui m'a insulté tout en menaçant de me casser la gueule, c'est bien ça ? lui demanda Jean tout en secouant fermement sa main.

— Oui, mais ce n'était pas intentionnel...

— Vous voulez dire que vous insultez les gens sans intention de le faire ? Vous êtes malade ? Victime du syndrome de La Tourette, peut-être ? Les insultes sortent de votre bouche et échappent à toute commande de votre cerveau ? Je comprends mieux... C'est moche. Et l'urine ? C'est la prostate ?

— Non pas vraiment, enfin, je voulais dire que j'étais ivre lorsque j'ai... comment dire... endommagé votre tas de sel. Je sais bien que c'est pratique comme excuse mais bon voilà, je tenais à m'excuser. Peut-être vous proposer de vous dédommager ou... je n'en sais rien à vrai dire... bredouilla Michel qui laissait sa main comme la conversation être dirigée par son interlocuteur.

— Vous êtes pardonné, répondit Jean laconiquement avant de lâcher sa main pour s'emparer des poignées de la brouette.

— Ah bien... merci... je peux faire quelque chose ? Quoi que ce soit pour vous être agréable ? insista Michel.

Il chercha autour de lui où se mettre pour

dégager la trajectoire de la brouette et s'élança vers la ladure de gauche, puis il proposa à Jean de l'inviter dans le restaurant de son choix.

— Si vous voulez m'être agréable, commencez par éviter de bondir ainsi sur les ladures, c'est très fragile. ces choses-là. Si vous aimez sauter, il y a des trampolines sur la plage au bout du chemin là-bas... il y a des sanisettes et un parking aussi, c'est peut-être un endroit plus approprié à vos besoins...

— Bon, écoutez mon vieux, je me suis excusé, je me propose de vous inviter au restaurant. Puisque vous ne voulez rien entendre, tant pis pour vous, je ne vois pas très bien ce que je peux faire de plus.

— Pourquoi pas un chèque de dix mille euros...

— Quoi ? Vraiment ? Non, mais vous vous foutez de ma gueule ?

— C'est bon, je plaisantais ! Nous pourrions aller à *L'Océan* ?

— Comment ça, à l'océan ? Maintenant ? Tout de suite ? Pourquoi pas, mais vous avez terminé votre travail ? Que voulez-vous faire avec moi devant l'océan ? Qu'on le regarde, main dans la main, pour sceller notre nouvelle entente ? Ou peut-être envisagez-vous de me noyer ? demanda Michel, méfiant, en tentant de désamorcer une nouvelle moquerie.

— Non, non, ce soir, au restaurant *L'Océan*. C'est au Croisic, sur la plage de Port Lin. Ils sont spécialisés dans les fruits de mer et la vue est à couper le souffle ! Nous pourrons noyer notre mésentente avec du muscadet frais, ajouta Jean avec un rire franc.

— Ah c'est parfait, parfait. Ça me plaît ! Mais vous savez, vous n'êtes pas un client facile...

— Je n'ai pas choisi ce métier pour faire commerce d'amitié. Vingt heures, ça vous convient ?

— Allons pour vingt heures alors ! Sinon, comment se passe votre saison ? Vous m'expliquerez comment ça marche ? En tout cas, c'est magnifique comme endroit !

— Oui, c'est un privilège de travailler dans un cadre pareil. Eh bien, écoutez, ça fonctionne avec du vent comme pour les bateaux, du soleil comme pour les vignes, des efforts comme avec les femmes, de la patience comme avec les enfants et de la chance comme pour la vie... C'est une bonne saison cette année, nous avons de la chance.

L'océan, refoulé derrière les rochers, avait laissé ses cartes de visite en flaques. Ces mers miniatures, otages momentanés des cavités rocheuses, payaient leurs reflets brillants avec des pièces de ciel bleu qu'elles offraient à la terre ferme. Jean n'avait pas attendu l'arrivée de Michel pour commander un verre de muscadet qu'il avait bu d'un trait, avant de s'en servir un autre auquel il réserva le même sort. Assis à la terrasse de *L'Océan,* il ne profitait ni du panorama, ni du beau temps, trop préoccupé qu'il était par le simple fait d'être là. Pourquoi avait-il accepté cette invitation ? Les excuses de Michel s'étaient montrées bien suffisantes, sa maladresse largement divertissante, il aurait pu s'en contenter, passer à autre chose et rester concentré sur son métier au moment où la saison atteignait son acmé. Au lieu de cela, il commençait à s'enivrer comme un névrosé incapable de se raisonner. Il ne connaissait que trop bien ces lendemains d'ivresse où pelleter son gros sel et pousser sa brouette n'avait plus aucun sens, ces jours où, par extension, son existence devenait dérisoire. Ce serait le cas demain et Jean activait ses jambes sous la table, allumait cigarette sur cigarette en réalisant qu'un quart d'heure lui avait suffi pour boire la moitié d'une bouteille de muscadet. Il regrettait d'être arrivé autant en avance. Ce n'était pas seulement le lendemain qui l'accablait mais la perspective de passer plusieurs heures avec un autre être humain. Hormis les commerçants, quelques touristes et les pêcheurs rencontrés lors de ses ivresses hivernales, il n'avait pas parlé plus d'une heure à quelqu'un depuis presqu'un an. Il y avait bien sa banquière, qu'il voyait trente minutes par trimestre, mais le sujet abordé était toujours le même. Il ne pensait pas avoir de réserve suffisante pour alimenter une conversation qui allait s'étendre tout au long d'un plateau de fruits de mer, peut-être même d'un dessert. Il regrettait de ne pas avoir proposé une crêperie comme dédommagement des singeries estivales de ce Michel. Au moins, une galette complète, une crêpe au sucre, une bolée de cidre pouvaient se bâcler en une demi-heure, mais un plateau de fruits de mer avec ses tourteaux à décortiquer, ses bigorneaux à extraire, ça pouvait durer une éternité, au bas mot.

« Quel étrange personnage, que ce Michel. » Jean attendait cet olibrius à *L'Océan* comme des années plus tôt il avait attendu Henri l'hurluberlu à *L'Écuyer tranchant*. C'était son bistrot favori pour la qualité et la quantité de la viande servie, et la modicité du pichet de vin rouge. Il se sentait chez lui dans ce décor chevaleresque fait d'un fatras de selles, d'éperons, de chandelles, de tableaux hippiques, de scènes de chasse, de cheminée crépitante, de têtes de bouquetins et de sangliers tirant des langues pointues, vernies et poussiéreuses. Plus précisément, Henri se fondait dans ce cadre, ce décor lui convenait au teint. Son visage prenait tout son éclat sous cette lumière jaunâtre et déclinante, il paraissait à sa place. Au-dessus de leur table, sur le mur de pierres apparentes luisantes d'humidité grasse, deux fleurets rouillés et croisés menaçaient d'atterrir dans leurs assiettes au premier éternuement. Henri avait prolongé son petit-déjeuner au café-papier-calvados tout au long de la journée, il parlait fort et postillonnait loin. Jean connaissait par cœur cet état qui donnait souvent le meilleur. Assauts d'érudition, moqueries, provocations pouvaient les mener très loin sans bouger d'un pied. Parfois, il arrivait qu'un grain de sable vienne troubler cette course en pente douce. Dans ce cas-là, les anecdotes se transformaient en menaces, les moqueries en attaques, les provocations en altercations. Henri aimait ficher la pagaille, le brouhaha l'apaisait. C'était un risque que Jean prenait avec malice. Ces soirées, parfois pénibles à vivre, restaient toujours dans leur petit panthéon misérable d'histoires à boire.

— Saviez-vous, petit freluquet, que je suis le descendant d'un écuyer tranchant ?

— Je le sais huit fois, Henri. Je le sais à chaque fois que nous venons ici.

— Vous le saurez donc neuf fois, voilà ! Une cervelle de coccinelle comme la vôtre nécessite que j'utilise un entonnoir pour l'inonder et la faire mijoter dans mon savoir. Mon aïeul, donc, découpait les bestiaux pour le service d'un nobliau. Tripatouiller les peaux, couper les muscles, sectionner les nerfs, malaxer les viscères, quel beau métier, n'est-ce pas ?

— En effet. Méfiez-vous vous allez me donner faim.

— Il paraît que c'est une pratique qui revient à la mode, tuer soi-même son gibier. Si même les Bobos reviennent au Moyen Âge, j'en perds mon latin !

— Vous n'allez pas vous en plaindre, tout de même. Quand le progrès nous ramène en arrière c'est toujours une victoire pour vous.

— Vous n'avez pas tort, petite larve. Un progrès qui va en arrière prend toujours la bonne direction.

— C'est drôle, Henri, vous ne dites jamais que j'ai raison, vous dites toujours que je n'ai pas tort. Cela revient au même, mais vous assortissez toujours vos remarques positives d'une négation.

— C'est une formule rhétorique que m'enseignait ma grand-mère. En ne laissant pas la main à son interlocuteur, il n'a ainsi jamais tout à fait raison. Voyez-vous, la conversation est une guerre de nuances et ce sont souvent les seules batailles que je remporte. J'ai dû vous dire que ma grand-mère découpait elle-même ses chevreuils ?

— Oui, vous me l'avez déjà dit.

— Elle commençait toujours à œuvrer en ouvrant une bouteille de cognac...

— Et la bouteille était vide lorsqu'elle empaquetait ses gigots pour les mettre au frais...

— J'ai l'impression que je vous ai déjà tout dit, nous n'avons plus rien à faire ensemble.

— C'est une définition de l'amitié, il me semble : connaître sur le bout des doigts les anecdotes de l'autre.

— C'est une définition de l'ennui ! Ça n'a rien à voir.

— Vous bavez, Henri. Si vous le permettez, je vais échanger mon assiette avec la vôtre. Je vais déguster votre entrecôte, j'ai encore faim et je n'aime pas le gâchis.

— Je ne bave pas, je salive, ça n'a rien à voir. Décidément, vous ne maîtrisez pas les nuances de notre langue, répondit-il un tantinet agressif.

— Soyez aimable, vous croyez que c'est drôle de dîner avec un fantôme trémulant. Ne rendez pas les choses plus pénibles. Tout le monde nous regarde.

— Trémulant ! Le gnome utilise les mots du dictionnaire maintenant. Je trémule, tu trémules, il trémule, nous trémulons... récita-t-il en tendant les bras vers la table voisine qu'occupait un couple d'amoureux consternés.

— Du calme, vous allez effrayer tout le monde...

— Du calme, quoi du calme ! Je vais vous en donner du calme, rugit Henri en balayant son assiette d'un coup de bras vif qui la fit valser aux pieds d'une cliente. Voilà, vous pouvez la manger maintenant, bon appétit.

— Bien, cher ami, c'est le moment où je tire ma révérence. Je vous remercie pour ce moment délicieux. Voyons-nous la semaine prochaine, vous avez épuisé vos charmes pour ce soir, déclara calmement Jean en se levant.

— Restez ici, la soirée commence à peine. Asseyez-vous, c'est un ordre !

— Ce n'est pas un ordre, c'est une faveur, nuance. Faveur, d'ailleurs, que je vous refuse. Vous ne maîtrisez plus rien, même votre langue fourche.

— Non, c'est un ordre ! ânonna Henri en se levant péniblement avant de s'affaler sur le mur d'où il tenta de décrocher l'un des fleurets.

— Non, Henri. Je vous en prie, épargnez-nous ça.

— Je vais enfin l'avoir mon duel ! vociféra l'ivrogne en jetant une des armes en direction de Jean et en saisissant la seconde.

— Je refuse le combat.

— Vous n'avez pas le choix. Vous regrettiez que je n'assume pas mes convocations, eh bien nous y sommes, déclara Henri en faisant des moulinets avec son fleuret devant le patron du restaurant qui tentait de s'interposer. Pas bouger,

Vincent. Vos hôtes se souviendront toute leur vie de leur dîner dans votre gargote, demain vous me remercierez. Vous allez voir, Mesdames et Messieurs, vermisseaux et vermicelles, ce soir c'est spectacle son et lumière. Ce soir à Paris, c'est féerie ! déclama-t-il avec un ton pompeux empreint d'euphorie, en fendant l'air silencieux avec sa lame.

— Si vous y tenez tant. Mais vous faites une bêtise, c'est dangereux ces choses-là, répondit Jean.

Étrangement, personne ne bougeait, personne ne parlait. Les clients, par la magie anesthésiante du voyeurisme, étaient devenus un public. Avant même que Jean se soit redressé l'arme à la main, Henri lui avait posé la pointe de son épée sur la gorge.

— Touché avant même d'avoir débuté ! Vous commencez mal ! fanfaronna-t-il avant de porter la pointe de son fleuret à ses lèvres pour souffler dessus, comme le font les cow-boys avec leur colt dans les mauvais westerns.

Jean profita de cette esbroufe pour fouetter la cuisse de son adversaire avec le plat de sa lame, faire mal sans blesser, mais Henri n'eut pas la même délicatesse et riposta en lui piquant l'épaule de la sienne, perçant le pull, la chemise et la peau profondément.

— Premier sang ! Victoire ! J'ai gagné mon premier duel, c'est assez simple finalement.

Henri se félicitait en adressant des baisers en direction des tables sans se rendre compte que pour Jean qui regardait son pull s'auréoler lentement de rouge-brun, le combat n'était pas terminé. Il le lui signifia en fouettant à nouveau la cuisse de son adversaire qui se redressa et se mit en garde avec un sourire bravache exaspérant. Il précipita sa lame contre celle d'Henri qui riposta vaillamment, le fouillis de chocs métalliques sembla durer une éternité. Des frottements d'acier qui aiguisaient rageusement leur mépris. Ils n'entendaient plus les exclamations passionnément outrées du public, ni les suppliques du patron mais seulement les cliquetis mélodieux et désynchronisés de leurs ego boursouflés qu'ils tentaient de dégonfler à la pointe de leurs épées.

Jean profita de l'assurance brouillonne et sautillante de son adversaire pour lui porter l'estocade en visant la cuisse mais, n'ayant pas anticipé son pas de côté, il lui ficha la pointe dans l'abdomen. Il sentit la résistance de l'épiderme puis l'enfoncement sûr et lent du fleuret à l'intérieur des entrailles. Henri s'était figé, la mâchoire ouverte, et le scrutait de ses yeux globuleux et pétrifiés, glacés. Ne sachant s'il devait laisser la lame ou la retirer au risque d'aggraver la blessure, Jean lâcha l'arme et s'enfuit sans se retourner, laissant derrière lui des bruits d'effroi, de cris et de chaises bousculées.

Il se réfugia chez lui, mortifié, tentant toute la nuit de reconstituer la scène, se trouvant des excuses, s'accablant de remords, se macérant d'inquiétude, se rassurant, se tourmentant à nouveau en collant son oreille à la porte pour n'entendre qu'un silence de tombeau. La pointe de l'épée n'était pas entrée si profondément, Henri allait bientôt revenir avec un beau pansement. Il avait joué la comédie, c'était son tempérament. Sa nature le portait à toujours tout dramatiser, c'était son charme. Il l'imaginait exhiber son éraflure aux clients, en riant d'avoir été ainsi défait par son petit écuyer. Mais aucun roulement dans la cage d'escalier n'annonça cette nuit-là le retour du chevalier blessé, ni les jours suivants. Jean dépiauta la presse et finit par trouver un article relatant un duel à l'épée dans un restaurant. « Un blessé grave dont les jours ne sont pas en danger. » Le gazetier avait eu du mal à cacher son exaltation devant cette histoire anachronique, c'était probablement son *affaire du siècle*. Jean avait percé le foie d'Henri, il ne pouvait pas plus mal tomber, avec sa cervelle c'était l'organe le plus sollicité, le plus fatigué aussi. Il attendit des jours le retour d'Henri, il attendit des semaines. Il tenta de le retrouver en visitant tous les hôpitaux de Paris, en vain. Il avait réfléchi longuement au discours qu'il lui tiendrait, mêlant contrition et justifications. Il mettait à disposition de sa mémoire le premier mot et le dernier. Henri ne revint pas, ces mots ne furent jamais prononcés.

Il remplaça l'absence de son ami par un téléviseur devant lequel il faisait faisander son ennui et son amertume pendant des heures. La télévision remplissait son intérieur d'une présence réconfortante tandis qu'elle lui vidait l'intérieur avec méthode. C'est abruti par cet appareil qu'il découvrit, une nuit d'insomnie, les paysages fascinants des marais salants.

Les effets cumulés du soleil sur sa peau et de l'acidité du vin blanc sur son cerveau avaient produit une manière de transe qui alimentait des souvenirs bégayants et un regard flottant. Ses yeux se fixèrent, derrière la baie vitrée, sur une silhouette élégante qui paraissait marcher dans sa direction en slalomant entre les tables. Il quitta définitivement ses songes lorsque Michel fit son entrée sur la terrasse. Il semblait habillé pour une soirée cannoise : pantalon en lin beige, pull col en V bleu marine à même la peau, et mocassins probablement en peau de chevreau ou d'une autre adorable bestiole communément dépiautée pour des pieds nus et précieux. Son commensal était vêtu avec soin, parfumé d'une fragrance presque féminine. Lui s'était contenté, au sortir des marais, d'enfiler un polo Lacoste vert délavé, un jean élimé et déchiré et des espadrilles rigidifiées par le sel et la sueur de ses pieds. En se levant pour l'accueillir, il fut pris d'un doute. Le raffinement de Michel ajouté à son insistance pour l'inviter au restaurant lui inspira soudain une conclusion suspecte.

— Vous ne faites pas profession d'homosexualité quand même ? Parce que je préfère vous le dire tout de suite, je n'ai pas l'intention d'enjamber la barricade...

— Non, non, absolument pas ! Je confesse

une coquetterie de métrosexuel mais rien de plus ! Et vous, vous n'êtes pas une sorte de clochard quand même ? Parce que je préfère vous le dire tout de suite je ne fais pas dans la charité ! répondit Michel en s'esclaffant et en jetant ses clefs de voiture sur la table.

— Vous avez acheté une Audi ?

Jean tripotait le porte-clefs, ravi d'avoir trouvé une amorce de conversation, et même parfaitement prêt, à ce moment-là, à parler de voitures pendant tout le dîner.

— Non, c'est un 4 × 4 Mercedes que je viens de louer en attendant que ma Pursche soit réparée, ça me semble plus approprié pour mes expéditions nocturnes. Dites-moi, vous en connaissez un rayon en voitures, c'est peut-être un des logos les plus connus au monde... C'est une passion depuis longtemps ? demanda Michel intrigué par tant d'ignorance.

— Tout à fait, je suis d'ailleurs l'unique propriétaire d'un spécimen dont l'isolation est faite à partir de mousse végétale. Peut-être aurai-je la chance, l'automne prochain, de pouvoir cueillir quelques cèpes et une poignée de pleurotes sur la banquette arrière. Je l'arrose régulièrement dans cet objectif-là, je doute que votre Porsche puisse en faire autant.

— C'est vrai, le seul champignon qui s'y trouve a des effets magiques lorsqu'on appuie dessus. Un champignon hallucinogène en quelque sorte. En parlant d'hallucinations, que diriez-vous d'une bouteille de vin blanc bien frais ? Vous me semblez un peu éteint par votre journée de travail.

— Pour le moment je suis plutôt fatigué par l'exercice du muscadet en solitaire. Ça épuise ces courses-là, on se parle à soi-même, on avance sans repère, c'est le meilleur moyen de se noyer. Je vais prendre un verre d'eau pour préparer la prochaine étape. Et sinon, que faites-vous dans la région ? Enfin, je veux dire quand vous ne pissez pas partout et que vous ne vous perdez pas en parcours du combattant dans les marais salants ?

— J'invite des ivrognes autochtones au restaurant pour découvrir le folklore local...

— Détrompez-vous, je ne suis pas d'ici. Vous ne trouverez, hélas, aucun de mes aïeux au cimetière du coin, je ne connais que le premier couplet de *Le loup, le renard et la belette* et vous ne trouverez sur les murs de chez moi aucune photo de ma grand-mère avec une coiffe bretonne... C'est bien triste d'ailleurs ça l'aurait rendue plus drôle... Je viens de Paris, précisément de Barbès où les coutumes et les costumes sont bien différents... plus exotiques.

— Ah, je viens de m'installer à Paris, nous nous croisons ! C'est marrant ça...

— Vous savez, ce genre de chassé-croisé d'anonymes se produit plusieurs fois par jour sur l'autoroute... Et que comptez-vous faire à Paris ?

— Comme vous vous en doutez, j'ai commencé par aller uriner sur toutes les jambes de la tour Eiffel, puis j'ai acheté un appartement, enfin plusieurs petits que je fais unifier en un grand... Je suis dans l'immobilier, c'est mon métier.

Michel s'aperçut, surpris, que c'était la première fois qu'il annonçait sa fonction avec un ton si modeste.

— Ah bien, très bien ! Vendre du sel ou de la pierre, ça revient quasiment au même, c'est du commerce de matières premières, seule la puissance de la voiture change...

— Oui et la qualité et l'odeur des vêtements aussi...

— Vous trouvez que je sens mauvais ? s'exclama Jean qui pencha son nez vers son aisselle. Ah oui, c'est vrai, excusez-moi, je n'ai jamais réussi à faire fonctionner mon lave-linge et comme je n'ai pas de laverie automatique dans mon patelin... Enfin bon, les oiseaux n'ont pas le même odorat que nous.

— Vous ne fréquentez que des oiseaux ?

— Quasiment oui, c'est la deuxième fois que je viens au restaurant en un an. La dernière fois j'étais avec une fille, c'était à la fin de l'été passé... Je me demande si je sentais aussi fort ? Enfin ça n'avait pas l'air de la déranger, il faut dire qu'elle était plutôt du genre naturel : buisson dans la culotte et nid d'oiseau sur la tête, une vraie cible pour les chasseurs. Elle avait même une panthère tatouée sur le bas du dos, juste au-dessus de son cul... murmura Jean songeur.

— C'est pour cette fille que vous êtes venu vous enterrer ici ?

— Ah non, je vous en prie ! Je ne me suis pas enterré ici, je suis venu ressusciter ici. C'est Paris qui commençait à m'ensevelir, toute cette grisaille du ciel aux trottoirs en passant par les visages, ces immeubles caveaux, ces rues sales, ces zombies pressés, ce temps de Toussaint huit mois de l'année. Paris serait un cimetière à ciel ouvert si seulement les gens s'y promenaient avec un bouquet de fleurs à la main. Hélas ce n'est même pas le cas. À la place des fleurs, les téléphones prolongent naturellement le bras des Parisiens et l'obtention d'un strapontin dans le métro est une des seules satisfactions de leur quotidien.

— C'est très romantique, mais reconnaissez qu'on ne peut pas faire grand-chose avec un bouquet de fleurs.

— Bien au contraire, avec un bouquet de fleurs vous pouvez : décorer, vous excuser, compatir, remercier, séduire et pourquoi pas faire l'amour, c'est déjà beaucoup.

— Oui, c'est vrai, c'est beaucoup mais pas suffisant. Avec mon téléphone, je peux calculer les prix au mètre carré, les comparer à ceux du quartier, recevoir des photos des appartements que je veux acheter, envoyer des courriels à mes clients, en recevoir de mes notaires, organiser mon agenda...

— Et que faites-vous quand vous n'avez plus de batterie ou lorsque vous ne captez aucun réseau ?

— Plus grand-chose en vérité ! Mais je le

recharge dans ma voiture et puis il y a du réseau partout maintenant, à part peut-être dans vos marais salants...

— Si, si, ça capte bien quand on monte sur le talus... Moi, quand je n'ai plus de réseaux ni de batterie, eh bien je m'en moque, je continue ma vie.

— Enfin bon, si vous ne fréquentez que des oiseaux, je comprends mieux. Tout le monde n'a pas cette chance.

— Lancez-vous dans le commerce de nids haut de gamme, vous seriez un précurseur !

— Bonne idée ! Pourquoi ne pas créer une nouvelle niche fiscale immobilière, ça pourrait répondre à une demande écolo. Mais comment se feraient les transactions ? En graines ?

— Je me paye bien des cacahuètes !

— Oui mais voilà, je n'ai aucune envie de rouler dans une champignonnière avec un moteur de brindilles et des jantes en lichen. Je tiens à un certain standing, je suis tristement matérialiste. Vous ne voulez pas commander ?

— Un plateau de fruits de mer à partager avec un miséreux, ça vous convient ?

— Parfait, je vous laisse les crabes, je n'ai jamais su dépiauter ces bestioles-là. Je n'ai pas la patience, je penche toujours vers le plaisir immédiat.

— En parlant de plaisir, commandons une autre bouteille de muscadet, vous êtes un peu à la traîne dans la régate. On s'éloigne vous et moi, vous n'êtes plus qu'un point à l'horizon pour mes yeux brumeux.

— Si vous vous nourrissez de sel, vous partez avec de sérieux besoins. J'ai goûté l'eau de votre source et ma langue s'en souvient encore. Dites-moi, vous ne voulez pas que nous passions au tutoiement ? On commence à avoir un passé, tous les deux...

— Serions-nous devenus en vingt minutes deux vieilles copines qui prennent le thé ? Le temps passe si vite ! Allez-vous me proposer une soirée pyjama ?

— Vous avez raison, on ne tutoie pas quelqu'un qui a failli vous laisser crever dans la vase.

— Oui, voilà. Et on ne tutoie pas quelqu'un qui salope votre travail. D'ailleurs je ne vous ai pas seulement laissé vous enfoncer dans la vase, j'ai failli vous décapiter aussi.

— Ah oui ? Quand je dormais ? Et qu'est-ce qui vous a retenu ?

— Mes marais ! Je ne peux pas me permettre d'aller en prison en plein milieu de la saison. Je ne voulais pas anéantir des années d'effort sur un coup de pelle, contrairement à vous, je penche plutôt vers la satisfaction à long terme.

Une mer posée sur un plateau les rapprocha dans un même combat. Selon un plan d'attaque déterminé par leurs patiences respectives, Michel entama les huîtres, les langoustines et les bulots tandis que Jean se jeta sur les tourteaux et le méticuleux travail du bigorneau, en couvrant avec soin ses tartines de mayonnaise. Un pacte de non-agression fut passé pour la queue de homard bleu, qu'ils se partagèrent équitablement. Avec un sens des responsabilités épatant, Michel rejoignit en culs secs le navire vacillant de son acolyte. La ligne d'arrivée semblait s'éloigner à chaque fois qu'une de leurs mains se levait pour commander ce que la raison incitait à appeler « la dernière bouteille ». Des sujets furent évoqués, des fous rires déployés et le restaurant était déjà presque vide lorsque Jean monta sur sa chaise pour faire une remarquable imitation de la mouette effrayée. Poussé vers la sortie par un personnel exaspéré, Michel s'acquitta d'une addition majestueuse et proposa un saut depuis le plongeoir de Port Lin, avec ce pitoyable sens de la compétition que seule la possession de testicules peut justifier. Jean gravissait déjà l'échelle du plongeoir avec l'habileté qu'un singe aurait pu revendiquer. C'est d'ailleurs en gestes simiesques qu'il célébra son arrivée au sommet, en frappant son torse avec ses poings, et en s'exprimant dans un gorille tout à fait convenable. Un plongeon raté et un saut de crapaud suffirent à raffermir les chairs et éclaircir les esprits. C'est avec une conscience translucide qu'ils prirent le 4 × 4 de Michel pour mettre le cap sur La Baule. Opportunément, la radio diffusa *Les Oies sauvages* en un grésillement couvert par le karaoké de leurs voix discordantes et éraillées qui aurait tranquillement pu mener les deux ténors vers une victoire dans une émission de télé-crochet.

Après avoir laissé le 4×4 perpendiculairement

à la rangée de voitures comme s'il s'était agi d'une poussette, ils firent une entrée remarquée dans un bar de l'avenue Pavie. Le videur s'était montré réservé devant leur état d'ébriété et la présence d'algues dans leurs cheveux, mais Michel avait fait tomber cette réticence comme par magie en faisant apparaître miraculeusement entre ses doigts une carte bleue noire. Ils s'élancèrent vers le comptoir en bousculant de manière décomplexée tous les obstacles. Galvanisé par le pouvoir de son partenaire, Jean retrouva ses postures de gorille tandis que Michel appelait la serveuse avec des cris d'Apache à l'assaut. Ils ne firent sensation que dans leurs esprits – noyés qu'ils étaient dans une foule déjà ivre d'indifférence et d'alcool. Michel empoigna Jean et l'entraîna dehors. « Allons briller ailleurs. On ne peut rien faire de bon accoudés à un bar, il nous faut une table pour asseoir notre pouvoir ! » Jean adhéra à cette théorie et fraya un passage à son camarade, à coups de révérences dansantes, vers une boîte de nuit toute proche. « Le pouvoir, le pouvoir ! Laissez passer le pouvoir ! Môssieur a une carte bleu-noir ! »

Ce sésame s'avéra inefficace et ils durent faire la queue derrière une file d'adolescents conspirateurs qui se donnaient des airs d'adultes. Une fois entrés et descendus dans l'antre électroniquement moite, Jean, dans une volonté d'équilibre des dépenses guidée par une fierté égalitariste, voulut prendre à sa charge la bouteille de vodka en dégainant sa carte Électron, sans relief et sans fond, qui prit un temps interminable pour accepter la transaction. Enivré par sa fortune soudaine, il entreprit de commander une bouteille de champagne, que sa carte accepta sans sourciller. Puis elle offrit trois bières à ses voisines de bar et une tournée de shooters un peu plus tard. On leur prépara une table qu'ils investirent en affalant toute leur importance sybaritique dans les banquettes. Sous le regard noir d'un troupeau de godelureaux gominés, des escouades de filles vinrent s'asseoir près d'eux. Elles vinrent papillonner des cils, montrer leurs dents en déployant des rires légers, s'abreuver des philosophies bestiales de Michel et Jean en découvrant leurs genoux bronzés grâce à l'inclinaison complice et moelleuse des canapés.

Pourquoi Jean se retrouva-t-il torse nu sur le trottoir, accroché à la jambe du videur, vers quatre heures du matin ? Pourquoi Michel tentait-il de protéger la bouteille de vodka des mains du même videur, en ricanant comme un lutin malveillant ? Une sombre histoire de baiser volé et de mouvement de foule pourrait peut-être l'expliquer. Dans quelles circonstances arrivèrent-ils à se détacher des griffes du molosse ? Pourquoi s'échappèrent-ils vers la voiture en battant des ailes et en criant comme des cormorans ? Une envie de voler tout simplement, et une idée précise de la liberté.

*

Une sonnerie sournoise tira Jean d'un rêve où une Domitille floutée et nue s'échappait dans la forêt dans les bras d'un gorille légitimement excité. En proie à une légère panique et encore un peu anesthésié, il se découvrit affalé sur son tas de sel alors que le soleil était déjà installé. De l'autre côté du tremet, le 4 × 4 était garé à l'extrême orée d'un fossé. De la porte avant dépassait le bras de Michel. Autour de Jean voletaient plusieurs dizaines de feuillets imprimés. Certains s'étaient noyés dans les œillets, d'autres continuaient leur cheminement erratique au gré d'un vent nonchalant. Au sol, devant sa cabane-bureau, son classeur jaune, les bras grands ouverts, laissait, sans aucune conscience professionnelle, tous ses documents administratifs prendre une liberté et un envol qui allaient à l'encontre de leur fonction initiale. Des déclarations de toutes sortes, des fiches de paie, des bons de commande, des relevés bancaires étaient en train de profiter de l'été. Certaines se baignaient en faisant la planche, d'autres bronzaient dans les hautes herbes, certaines déambulaient même le long des talus avec des allures de cerfs-volants miniatures. La sonnerie toujours aussi sournoise et impatiente somma Jean de sortir son téléphone de sa poche. Cet esclavagisme l'exaspérait, mais il s'y soumit pour avoir la paix. Le message de sa banquière était alarmant. Apparemment, il s'était fait voler sa carte bleue par des gens qui avaient dépensé une fortune dans les bars de La Baule. Elle avait pris la liberté de la bloquer et attendait que Jean lui dépose sa déclaration de vol, elle s'excusait pour cette mauvaise nouvelle et parla d'une assurance qui marcherait peut-être, elle devait vérifier, il fallait la rappeler. Cette couche supplémentaire de tracas ne l'accabla pas plus que ça. Il se sentait parfaitement indifférent aux feuilles volantes, à la carte volée, à l'argent envolé. Il était content. Les souvenirs imprécis de sa soirée lui procuraient un sentiment parfait. Il alla nonchalamment dans son bureau pour chercher une bouteille d'eau et découvrit sur le seuil un presse-papiers en forme de bouteille de vodka vide, sous lequel se trouvait un contrat de travail dûment rempli et signé. Un certain Michael venait d'intégrer sa société de paludier.

Il était huit heures et demie, sa journée n'était pas gâchée et son inclination pour le retard planifié lui laissa même envisager un petit-déjeuner. Dans la voiture, Michel semblait atteint de spasmophilie légère, vraisemblablement produite par son organisme pour se défendre de la réverbération agressive du soleil sur le pare-brise. Des ronflements caverneux sortaient de sa bouche aussi régulièrement que les gouttes de sueur emperlaient sa peau. Afin de lui épargner un réveil aussi pénible que le précédent, Jean lui serra la main délicatement. Un dernier spasme propulsa la tête de Michel contre le volant et il se mit à hurler. Jean ne put réprimer un rire gras et stupide, un rire d'ivrogne partiellement décanté.

— Eh bien, mon vieux, quelle croisière ! s'exclama-t-il en tendant la bouteille d'eau tiède à Michel.

— Quel naufrage surtout ! Qu'est-ce que je fous encore là ? brailla-t-il d'une voix de rogomme.

— Il semblerait que vous soyez venu passer un entretien d'embauche. Apparemment réussi, si j'en crois ce contrat ! répondit Jean en tendant un papier à Michel.

— Ah bon ? J'ai désormais un patron, alors, si je lis bien… balbutia Michel navré.

— Et moi un employé qui s'appelle Michael, la vodka a changé votre état civil !

— C'est assez commun, certains se transforment bien en gorille…

— Je vous propose de m'offrir un petit-déjeuner sur le port du Croisic, ma banquière s'est inventé des histoires de carte bleue volée et a coupé ma modeste force de frappe.

— Si mon cerveau est souvent ruiné, ma carte ne l'est jamais. Allons petit-déjeuner, nous en profiterons pour confronter nos souvenirs et décider ce qu'on peut conserver de cette soirée. Je ne suis pas persuadé que tout soit à garder…

— Et puis je vous expliquerai votre nouveau métier et vous m'expliquerez pourquoi vous avez signé de ce prénom ringard et démodé.

— La réponse est dans l'énoncé… Dites-moi, combien de temps dure exactement votre saison ? questionna Michel qui semblait vouloir s'offrir une possibilité de rétractation.

— Ça dépend des éléments... jusqu'à fin août, mi-septembre, mais on a le temps de mourir avant !

Silencieux, le nouveau patron et le nouvel employé prirent la direction du Croisic. La cadence de leurs pas dénotait des humeurs contraires. Ce lendemain d'ivresse ne produisait pas les mêmes effets sur l'état de leurs âmes. Si Jean se réjouissait d'avoir un saisonnier tombé du ciel et digérait sans culpabilité les vapeurs de la veille, Michel subissait des attaques d'angoisse que renforçait le sentiment paranoïaque d'être piégé. Il regrettait d'avoir tant voulu s'excuser.

— C'est une plaisanterie, j'espère ? C'est intransportable ce machin-là ! dénonça Michel déjà essoufflé par le pelletage du gros sel, après avoir tenté de lever la brouette.

— C'est exactement ce que je me suis dit le premier jour ! s'esclaffa Jean en pilotant la sienne. J'ai regardé autour de moi et j'ai pensé à m'enfuir, c'est la dernière fois que Paris m'a manqué.

— Ah oui, mais moi je n'ai rien choisi du tout ! Je n'ai rien à foutre ici ! Soyons sérieux, c'est une farce cette histoire ! marmonna Michel.

Il essaya à nouveau de soulever son fardeau qu'il guida sur un petit mètre avant que celui-ci, par la force de l'inertie, ne reprenne son indépendance. C'était la brouette qui, lancée sur la bande de terre large d'une vingtaine de centimètres, tirait Michel. « C'est bon ! J'y suis », criat-il très satisfait avant d'arriver au virage que sa brouette, avec la mesquinerie propre à ces objets, choisit d'ignorer. Il était désormais en appui sur les talons et la retenait de toutes ses forces pour lui éviter de tomber dans l'eau. « Je termine ce truc et je me casse ! Je rentre à l'hôtel et je me couche ! », hurlait-il en patinant. « Penses-tu que l'autre crétin viendrait m'aider ! », grommela-t-il à un confident imaginaire. Un ultime coup de reins, épaulé par un sentiment avoisinant la haine, lui permit de redresser la situation. Il avait l'impression de jouer sa vie sur cette mésaventure. Après s'être assuré qu'elle était stable, il posa la brouette. Sa rage s'effaça au profit d'une fierté irraisonnée. Il s'applaudissait, s'autocomplimentait, scandait des slogans de victoire en sautillant sur lui-même. Euphorie de courte durée qui s'évanouit lorsqu'il jaugea la distance qui le séparait du mulon. « Un, deux, trois, quatre, cinq, six, sept, huit », compta-t-il en les pointant du doigt. Huit virages le séparaient encore de son objectif. Un nuage noir d'accablement vint chapeauter sa tête sur laquelle la sueur avait déjà plu. Usé par ce bouillon d'émotions contradictoires et souhaitant s'extraire des marais qui le dévoraient, il décida d'aller fumer une cigarette sur le talus. Il fut rejoint par Jean qui s'assit sur ses talons.

— Quel merdier n'est-ce pas... susurra Jean qui alluma une cigarette à son tour en regardant l'océan.

— Écoutez mon vieux, j'espère que vous comprendrez mais, pour moi, l'aventure s'arrête ce soir, déclara Michel, définitif.

— Vous parlez comme une starlette de la téléréalité...

— Si seulement il y avait de l'argent à gagner. Récolter quelques pelletées de célébrité... Au lieu de ça : anonymat et désarroi. D'ailleurs nous n'avons pas pris le temps de parler de la rémunération, non pas que j'en aie besoin, mais par simple curiosité.

— Eh bien, écoutez, c'est très simple. L'endroit où vous prenez le gros sel s'appelle une ladure et chaque ladure dégagée, c'est 90 centimes d'euros de gagnés, expliqua Jean le regard toujours dans le vague.

— Attendez, je ne saisis pas très bien. Donc, là, ce que j'ai fait...

— Vous a rapporté moins de 20 centimes d'euros, vous avez très bien compris.

— C'est une farce ! Même au Bangladesh on est mieux payé, s'exclama Michel abasourdi.

— Il n'y a pas de sel de Guérande au Bangladesh. Écoutez, vous pouvez arrêter ce soir si vous voulez, vous ne serez pas le premier à capituler devant une brouette, déclara Jean avec des lasers de perfidie dans la voix.

Michel ne répondit pas. Ils terminèrent leurs cigarettes en observant la marée montante qui venait lécher les algues et le limon du vieux mur en pierre à leurs pieds.

— Vous êtes vraiment une belle ordure ! Une ordure doublée d'un vicieux ! s'emporta soudain Michel en se levant avec brusquerie.

— Mais enfin, calmez-vous ! Qu'est-ce qui vous prend ?

— Vous saviez très bien que je n'allais pas

me laisser humilier par une bête brouette ! Je ne sais pas comment, mais vous le saviez, vous l'aviez deviné. Vous êtes un petit sournois ! Ça se voit rien qu'à la façon dont vous vous asseyez, personne ne s'assied sur ses talons comme ça, personne ! À part les Sioux peut-être ! Oui, voilà, vous êtes fourbe comme un Sioux ! « Vous ne serez pas le premier à capituler devant une brouette », imita Michel d'une voix grimaçante avant de jeter son mégot vers l'océan.

— Si vous pouviez éviter de jeter vos merdes à l'eau, c'est répugnant...

— Ah bah oui ! Il fallait s'en douter, l'homme des marais est écolo...

— Absolument pas, j'aime la nature, ça n'a rien à voir.

— Vous me gonflez ! Vous vous foutez de ma gueule depuis le début ! cria Michel.

Il sauta du talus et se dirigea subito vers sa brouette, sous le regard de Jean. Un regard au fond duquel s'étendait une satisfaction rieuse. Ils ne s'adressèrent pas la parole jusqu'à la fin de leur tâche. Michel parvint assez rapidement à dompter sa machine rudimentaire et s'appuya sur une colère tenace pour pelleter efficacement la vingtaine de pyramides blanches qui lui était destinée. Il s'était familiarisé assez vite avec la gymnastique mécanique de sa mission et se surprit lui-même à apprécier son aspect répétitif. Il découvrait que l'automatisme pouvait être une sorte de confort dans l'effort. Avant chaque nouveau tas, Michel balayait du regard le paysage qui l'enveloppait, une seconde de contemplation qui établissait son action dans le temps et dans l'espace, une seconde pour jauger le bilan et l'objectif. Une seconde lui suffisait, une seconde de régénération.

De l'autre bout des marais, parvenaient aux oreilles de Jean les cris familiers d'un tennisman expectorant au renvoi de la balle. Piqué dans sa fierté, son nouvel employé voulait gagner le match. En regardant discrètement au-dessus de son épaule, Jean constatait que Michel menait une partie vaillante, tout à fait honorable pour un novice. Il partait pourtant avec de sérieux handicaps. Jean connaissait par cœur l'extrême pénibilité des lendemains d'ivresse, surtout dans les marais, et il était d'autant plus épaté par le combat que disputait Michel. Cet état larvaire, qu'il avait nommé exagérément « le cancer de la cuite » tant il faisait naître le regret d'exister ou le désir d'en finir, était une épreuve pour le corps et l'esprit. Un filet de mauvais sommeil, qui engendre muscles mous et volonté avachie. L'alcool au cœur, qui fait de chaque battement autant de châtiments, propulsant, par doses, le poison dans le corps. Pénitence des saturnales de la nuit, souffrance du jour, ennemi intérieur né des plaisirs antérieurs. Une cervelle au court-bouillon, qui mijote sous les reflets enflammés des œillets. Un estomac capricieux, qui exige d'être rempli mais qui se vengera aussitôt qu'il le sera. Une bouche pétrifiée, que des litres d'eau ne parviennent jamais à humidifier. Un temps figé, que l'immuabilité vicieuse des marais rend, plus encore, interminable. Ces jours-là, même les oiseaux, complices du diable, se rendaient coupables de vols ralentis. Carcasses suspendues, charognards déguisés en colombes. Insulte du ciel aux épouvantails mouvants et inoffensifs de la terre.

Il fut positivement impressionné par le courage de Michel et se félicitait de l'avoir comparé à une divette de la téléréalité. La comparaison dégradante avait agi comme un électrochoc. « Ce genre d'individu n'a pas besoin des yeux du public pour se dépasser, il est son propre public, un public intransigeant qui ne démissionne jamais », songea Jean, satisfait d'avoir cerné avec justesse la psychologie de Michel. Ravi également d'avoir activé un levier miraculeux chez Michel : la fierté.

Les marais nettoyés de leurs monticules blancs, ils se retrouvèrent côte à côte, un peu embarrassés par leur querelle. Attendant de l'autre la phrase qui passerait l'onguent sur la brûlure de leur dispute, chacun tournait en rond à la recherche d'occupations imaginaires.

— Vous n'avez pas faim ? finit par lancer Jean, sans regarder son interlocuteur.

— Si, je suis affamé ! Si vous le permettez, je vous invite à déjeuner où vous voulez, répondit Michel dont la silhouette s'était redressée à l'évocation du sujet qui l'obsédait, depuis un bon moment.

— Vous pouvez bien m'inviter, avec la fortune que je viens de vous faire gagner ! taquina Jean.

— 21 euros 60 centimes exactement. J'ai eu largement le temps de calculer !

— Il y a une gargote sur la plage Valentin qui peut convenir à notre budget, allons-y à pied, qu'en dites-vous ?

— Excellente idée, je suis en manque d'exercice physique ces derniers temps... Putain quel métier de tâcheron ! Excusez-moi, hein, mais je ne pensais pas qu'un truc pareil pouvait encore exister. Il y a des syndicats pour ça !

— Ne vous inquiétez pas, vous allez pouvoir vous reposer sur la plage et vous rafraîchir dans l'océan, nous avons une pause de quatre heures devant nous. La pause que le syndicat de la nature a négociée à l'aube de l'humanité, un avantage acquis que l'on doit au rythme du vent et à la force du soleil. Même si je voulais vous exploiter, je n'aurais pas de travail à vous donner avant seize heures.

— Ce purgatoire n'a pas de fin... Je jure devant Dieu que je ne pisserai plus jamais ailleurs que dans des toilettes certifiées conformes ! s'exclama Michel, implorant le ciel les bras levés.

— Rassurez-vous, le deuxième épisode sera beaucoup plus doux et romantique. Il parle de fleurs et de cueillettes, c'est léger et presque dansant quand on maîtrise le mouvement.

Ils empruntèrent en silence le chemin vicinal qui serpentait entre les œillets, tandis que leurs muscles se relâchaient en diffusant dans leurs membres le doux bien-être qui accompagne la fin d'un effort physique. Chemin faisant, Michel observait, avec une curiosité que son épuisement hébété lui interdisait d'exprimer, chacune des pièces d'eau diversement remplies que longeait leur itinéraire. Ainsi, de la vasière aux salines, en passant par les fares et les adernes, il constatait que les profondeurs, les superficies et les périphéries présentaient des caractéristiques différentes. Quel était le rôle de chacun de ces bassins ? Lesquels étaient des réservoirs ? Les œillets étaient les ultimes réceptacles, la finalité du parcours sur lequel il venait de suer. Avoir pris part au processus des marais salants lui offrait une certaine assurance, un maintien et même une manière de quiétude intérieure – sentiments ni suffisants, ni très durables pour autant.

En foulant de ses pieds cet environnement, son esprit butait sur une énigme panoramique, un rébus étourdissant : s'il trouvait l'ensemble harmonieux, il avait du mal à croire que ce paysage avait été façonné par des hommes plusieurs siècles auparavant, des hommes pourvus d'outils rudimentaires, faits de bois, de métal et de corde. Avec l'aide d'animaux, sûrement. Qui avait pris cette initiative pharaonique ? Il y avait bien eu quelqu'un qui s'était levé un matin en décrétant qu'il voulait que des marais s'étendent sur toute cette bande de terre. Sur quel promontoire s'était-il dressé pour superviser le chantier ? La terre était plane tout autour, les clochers n'étaient probablement pas encore érigés. Un escabeau géant alors ? Il fallait une bonne dose de génie et de folie – une certaine mégalomanie – pour s'attaquer à une telle entreprise. Et tandis que Jean sifflotait, sevré du vertige que ces questions procuraient à Michel, celui-ci tentait d'imaginer le désarroi de l'ouvrier qui fit le premier geste de ce projet titanesque. Ou peut-être était-ce de l'enthousiasme ? L'enthousiasme de l'inconscient probablement, mais un enthousiasme tout de même. Cet homme était peut-être, et pourquoi pas, un esclave ? Quoi qu'il en soit, il devait bien se moquer de l'ampleur historique de son labeur. De même que devait lui passer au-dessus de la tête le fait que sa démarche allait façonner durablement des pans entiers de ce territoire, gercer la terre pour que la mer s'en empare en l'inondant à chaque marée, selon la puissance des coefficients. Savait-il au moins qu'il faisait ça pour le sel ?

Un reliquat d'ivresse – vertige que la fatigue et la chaleur accentuaient, et que ses réflexions limitées par les frontières de son ignorance rendaient étonnamment vaste – le fit tituber, trébucher sur un caillou. C'est le bras de Jean, par un spectaculaire réflexe, qui lui épargna une chute.

— Je ne suis qu'une poussière ! se lamenta l'agent immobilier avec un accent de désespoir dans les bras de son sauveur.

— Mon pauvre vieux, vous faites une insolation, ou un malaise vagal, je ne sais pas, mais vous êtes vraiment très pâle !

— Non, non, ça va. Ça va mieux. Je réfléchissais c'est tout, je pensais à tout ça, et je n'ai pas vu le caillou.

— Si vous chutez à chaque fois que vous réfléchissez, il va falloir songer à vous trouver une autre activité. Et puis ça vous donne très mauvaise mine, on va essayer de vous trouver un chapeau sur la plage, pour protéger ce cerveau en pleine effervescence, déclara Jean, qui oscillait entre sarcasme et prévenance en tapant sur l'épaule de son partenaire.

— Vous êtes infaillible vous ! Un roc, du granit ! Pas de doute, des certitudes. Vous dictez vos ordres à la nature et si elle n'obéit pas vous montrez vos muscles en faisant le gorille. Vous avez bien de la chance, la vie vous accorde quelques facilités…

Michel semblait vexé.

— Vous faites peut-être un AVC finalement, vous continuez à délirer ! se moqua Jean en riant, avant d'ajouter pour calmer l'embryon de colère qui naissait chez son compagnon : Vous ne pouvez pas savoir le nombre de fois où ces marais m'ont fait pleurer, de peine, de haine, de désespoir, d'incompréhension, d'injustice et de joie aussi parfois… Moi, quand je réfléchis, ça me fait pleurer, vous ça vous fait trébucher, chacun s'abandonne comme il peut.

— Vous pleurez, vous ? Excusez-moi, mais j'ai du mal à vous imaginer le nez dans un mouchoir…

— L'homme des marais n'a pas de mouchoir,

il laisse ses larmes sécher au soleil, au vent ! L'homme des marais se mouche dans sa main, l'homme des marais est un homme ! gronda Jean hilare, en contractant ses muscles comme un haltérophile de foire.

— Je crois surtout que l'homme des marais s'invente des chagrins pour me consoler, je ne sais même pas qui vous êtes...

Il marqua une pause, qui incarnait physiquement le doute qui s'emparait soudain de son esprit.

— Je suis votre patron ! C'est ce qui est marqué sur le papier dans votre poche.

— Je n'ai pas de patron ! Ça fait dix ans que je travaille pour ne pas en avoir. C'est moi, le patron ! cria Michel, toujours immobile, alors que Jean s'éloignait et traversait la route.

Il le retrouva à la terrasse d'une baraque à frites. Le paludier lui avait commandé un Coca-Cola. Devant eux, s'étendait un panorama des plus idylliques. Le paysage de plage que chacun a en tête en faisant son paquetage de vacances. Un ciel vierge de nuage présentait un bleu foncé parfait, que la ligne d'horizon éclaircissait. Quelques parasols, ce qu'il faut pour donner du relief au tableau, abritaient des scènes familiales parfaitement banales et reposantes.

Leurs sandwichs avalés et leurs cafés bus, ils écrasèrent leurs cigarettes dans le gras des papiers aluminium cependant que la digestion affaissait leurs paupières aussi sûrement que leur énergie.

— Allons nous baigner, qu'en dites-vous ? suggéra Michel. Je commence à sombrer, je vais m'endormir si je reste là assis comme une moule.

— Parfait. Nous prendrons un autre café en sortant de l'eau et nous ferons une sieste après... Il nous reste deux bonnes heures.

— Dites-moi... c'est un peu embarrassant de vous demander ça, mais vous trouvez que je m'en suis tiré comment ce matin ? Je veux dire avec le gros sel, la pelle et la brouette ? interrogea Michel la voix hésitante, en marchant sur la pointe des pieds sur le sable brûlant.

— Parfaitement bien, mon vieux ! Mieux que bien d'ailleurs, vous êtes taillé pour le job ! Maintenant que vous m'en parlez, je viens de mettre un terme à votre période d'essai. Vous faites partie de ma multinationale désormais !

— Ah oui ? Tant mieux, je suis content de l'entendre. Je n'ai jamais autant souffert de ma vie !

Michel s'arrêta net, planté dans le sable, comme si le compliment tenait lieu d'antidouleur pour la plante de ses pieds.

— Vous m'avez impressionné, vous n'avez pas fait tomber une seule brouettée dans les marais. C'est pourtant ce que font la plupart des novices. De tous ceux que j'ai embauchés du moins... Mon premier saisonnier a commencé par ça, dès la première... quant à Domitille, elle a craqué au bout de la troisième... c'est à cette occasion que j'ai aperçu la panthère au bas de son dos quand elle s'est penchée pour la ramasser...

Jean s'était perdu dans ses pensées, sans voir que son compliment avait fait rosir Michel de plaisir et qu'il avait même eu une influence sur sa silhouette : dos redressé, thorax déployé, poitrine bombée.

— Vous pensez qu'il y en a beaucoup des comme moi, enfin je veux dire... qui s'en sortent aussi bien la première fois ? demanda-t-il en quête d'un compliment supplémentaire.

— Vous êtes unique, mon vieux, répondit Jean mécaniquement en pensant encore aux mouvements de la panthère.

Si la clarté de l'eau donnait l'impression d'entrer dans une piscine, sa température ne cadrait pas vraiment avec le décor de carte postale. Leurs jambes pénétraient dans un freezer quand leurs torses s'exposaient encore aux températures d'un sauna. Habitué aux mensonges visuels de l'océan Atlantique, Jean s'élança dans un vaillant plongeon qu'il prolongea sous les vagues pendant quelques brassées avant de rester entre deux eaux. Il avait recours à cette technique à chaque lendemain d'ivresse. Tandis que sa peau crépitait sous l'effet du choc thermique, il planait les bras ouverts, ballotté par les courants marins. Cette immersion faisait office de cellule de dégrisement, et il restait là aussi longtemps que possible pour se défaire de ses oripeaux vaseux. Il savait qu'en sortant de l'eau sa journée prendrait une tout autre structure. Il plongeait ivrogne et sale, et ressurgissait sobre et propre comme un alcoolique anonyme. Sa conscience en ressortait rincée.

Michel quant à lui, ignorant ce secret salvateur, faisait semblant de s'accommoder d'un barbotage de pieds. Son corps était sur la défensive et il tentait de faire croire à un public qui n'existait pas qu'il était très bien comme ça, qu'il n'avait jamais eu l'intention de plonger, qu'il était descendu près de l'eau seulement pour profiter d'un air plus frais. Les mains posées sur les hanches, son visage reflétait une frustration mêlée à une certaine vexation, accentuée par un soupçon de jalousie.

— Vous devriez plonger tout de suite, plus vous attendrez et plus ce sera difficile, lui conseilla Jean en se rapprochant, le corps à fleur d'eau et les mains au sol, comme un alligator.

— Non, non ça va pour moi, je suis très bien comme ça, je vous assure.

— Vous n'avez pas le choix, c'est votre patron qui vous l'ordonne ! Pensez aux trois heures de labeur qui nous attendent et laissez-vous tomber, insista Jean.

— Ça va aller, je vous dis, je suis d'attaque, là ! répondit Michel d'un air exaspéré.

— Vous êtes moins courageux que cette petite fille, rit Jean en désignant une fillette qui jouait dans les vagues et en espérant susciter chez Michel, par cette provocation, une montée de testostérone.

— J'en suis tout à fait capable...

Michel avança en s'éclaboussant d'eau pour finir par s'enfoncer maladroitement dans une vaguelette. Il avait accompagné son exploit de glapissements ridicules et s'ébrouait désormais comme une affreuse sirène.

— C'est fou ! Ça marche à chaque fois sur vous, la mise en demeure des testicules !

Ils s'allongèrent sur le sable mouillé pour sécher avant de revenir s'asseoir au bar. En contrebas, presqu'à leurs pieds, une triplette de serviettes accueillait des jeunes filles, nonchalantes et silencieuses. La première, allongée sur le dos, un chapeau de paille sur la tête, battait d'un pied tendu, une cadence probablement héritée de sa soirée. Un peu enrobée, sa peau safranée la rendait appétissante. Comme toutes les coquettes, elle s'était débarrassée des bretelles de son haut de maillot pour éviter les marques sur son bronzage. Sa poitrine fastueuse prenait toute sa dimension et ses ogives menaçaient d'explosion lorsqu'un mouvement innocent et bienvenu avait laissé apparaître une aréole, très large et très foncée. Sa voisine toute fine, couchée sur le ventre, suçait un crayon et tentait de trouver, en cochant le papier glacé d'un magazine féminin, quelle note de coquine allait lui attribuer le grand test de l'été. Son maillot noir, rentré dans ses fesses roses, prédisait un score très élevé. Elle n'en avait d'ailleurs aucun doute et son sourire arrogant paraissait déjà communiquer le résultat à une assemblée imaginaire.

À n'en pas douter elle faisait partie du club des personnes en perpétuelle représentation et l'on pouvait imaginer sans peine qu'elle s'adressait des sourires ravageurs, peut-être même des signes de la main, seule dans sa salle de bains. Elle dodelinait de la tête, levait son index pour tourillonner ses cheveux humides, se mordillait sans cesse le bord des lèvres comme si elle venait de découvrir une formule magique, certainement pas un vaccin contre le narcissisme. Puisqu'il en faut toujours une, leur camarade semblait très mal supporter la probable ivresse de la nuit passée. T-shirt sur la tête, elle dormait sur sa serviette dans une position fœtale qui présentait l'avantage d'orienter son entrecuisse vers Michel et Jean. Sa précipitation matinale et son état flageolant l'avaient probablement incitée à sauter dans un short-jogging plutôt que dans un maillot de bain. La conjonction de sa léthargie et de sa tenue offrait à Jean et Michel un angle de vue sur sa lèvre gauche légèrement ensablée, qui avec la bienveillance du soleil et la convoitise lubrique des deux voyeurs prenait l'apparence d'une parure endiamantée.

Cette œuvre d'art vivante comblait d'aise les deux travailleurs en pause. Cette scène faisait partie des cadeaux que seul l'été, saison opulente, peut déposer à vos pieds, les autres faisaient preuve d'une mesquinerie lamentable dans ce domaine. La plage, pour le meilleur et pour le pire, était une galerie d'art à ciel ouvert. Les amateurs d'art conventionnel se satisfaisaient d'un deux-pièces en vichy rose. Les plus pointus trouvaient dans un string en laine rouge, entouré de peau ridée et tannée, les satisfactions insondables de l'art contemporain. Toutes les créatures de Dieu, jeunes ou vieilles, minces ou enrobées, complexées ou libérées, en couple ou célibataires, oublient ici les pudeurs de l'hiver sous prétexte d'une étendue jaune, d'un horizon bleu et d'un vague bruit de roulis. Prenez l'exemple de Cécile, une responsable commerciale aussi austère que compétente. Elle a passé son hiver à dissimuler, sous un pull à grosses mailles, des rondeurs qu'elle trouve, à tort, disgracieuses. La voici qui les offre sans contrepartie au regard de son voisin de serviette. Cécile aura passé dix mois de l'année à tirer sur son pull pour recouvrir ses fesses, la voilà, les deux restants, qui repousse sans cesse l'élastique de son bikini pour gagner trois pouces de bronzage. À quelques sauts d'espadrilles se trouve Stéphane, employé de bureau tristounet dans une grande entreprise. La moitié de ses collègues ne parvient jamais à se souvenir de son prénom spontanément, et, après cinq ans d'ancienneté, l'appelle encore monsieur. Il est pourtant là, se pavanant debout sur sa serviette Ferrari, toison grisonnante nappant des pectoraux gonflés au polystyrène, encourageant ses enfants, d'une voix nasillarde, dans leur construction désolante de châteaux de sable. Personne au bureau ne se serait douté qu'une telle virilité, robuste, indécente, à la frontière du monstrueux, servie par un slip de bain mauve élimé, puisse indisposer ses voisins et intriguer certaines de ses voisines. L'espace d'une saison, ce ouistiti de bureau, inoffensif, anonyme, devient King Kong. Incontestablement l'été est une saison miraculeuse.

Le cumul des miracles n'étant pas interdit, un second se présenta sous la forme de la malédiction du plagiste. La mouche existe pour rappeler à l'humain que le paradis terrestre n'existera jamais tout à fait. Pour le paradis total, il faudra patienter, espoir sans certitude. En se posant sur le genou de la déesse comateuse, l'une d'entre elles offrit à la jeune fille un rôle involontaire d'effeuilleuse. Le vicieux insecte ayant décidé de faire de cette jambe gauche sa base d'opération produisait à chacun de ses atterrissages un spasme ensommeillé qui dévoilait progressivement une facette du rubis pulpeux de la nymphe. Tout ce que l'humain reproche habituellement à la mouche, sa bêtise congénitale, son acharnement stupide, sa présence envahissante, cette manie exaspérante de ne rien comprendre à la vivacité de nos gestes de la main, à nos grognements, devenait à cet instant précis une bénédiction pour les deux complices. Chacun de ses décollages produisait sur eux une façon de déception et une légère angoisse. La mouche reviendrait-elle se promener sur ce genou caramel ? Pouvait-on faire confiance à une mouche ? À celle-ci en particulier ? Était-ce une mouche fiable ? Ils réalisèrent avec soulagement qu'ils avaient affaire à une mouche de compétition, une championne obsédée et peu influençable, une mouche incorruptible. Aucun autre genou, aussi gracile soit-il, ne l'intéressait. Cette mouche avait une mission, écarter les cuisses de cette jeune fille, et rien ne semblait pouvoir la détourner de cet objectif. Les deux garçons avaient une obsession, qu'elle y parvienne. Seuls les piétinements de l'insecte faisaient bouger la cuisse et lorsqu'il s'envolait, la jambe restait immobile dévoilant, le temps d'une série de loopings dérisoires, un angle stable et plongeant sur ce trésor visuel. En y songeant, Jean s'était dit que deux éléments aussi peu séduisants qu'un short avachi et une mouche pouvaient produire un travail d'équipe au résultat fascinant. Au moment où la mouche quitta son tarmac pour s'éloigner un peu plus, il entendit Michel susurrer entre ses dents un « allez » d'encouragement, à la manière des parieurs sur les champs de courses ou des lanceurs de dés voulant forcer la bonne fortune. Le divin insecte sembla s'intéresser à un emballage de glace fraîchement jeté au sol par un touriste qui n'hésiterait pas à déplorer plus tard, devant sa télévision, le constat d'une planète salopée. L'acuité visuelle des deux vicieux était tellement entraînée à suivre la mouche qu'ils avaient pu distinguer les parfums de la glace à sept mètres : vanille, pistache, chocolat, pépites de noisettes. Celle-ci, contrairement aux pronostics de Michel – « c'est foutu », avait-il grogné –, ne daigna pas grignoter les éclats de noisettes et revint en zigzaguant nonchalamment, faisant preuve d'un dilettantisme effroyable, se poser sur le pied de sa victime sans que celle-ci réagisse. « Cette mouche me rend chèvre », marmotta Jean. « Patience, elle est notre génie », lui répondit Michel qui avait repris confiance dans le bon sens de la nature. Après avoir sautillé sur chaque doigt de pied, la fée ailée avait bondi sur la cheville, sans résultat. La jambe était restée inerte. La mouche semblait, telle une pie, fascinée par la fine chaîne dorée qui ornait la délicate articulation. Elle révélait un fétichisme de bon aloi et les deux observateurs se félicitaient de ce vice assumé. Concentrés sur l'entrecuisse, ils n'avaient pas pris le temps de contempler les autres pierres précieuses de ce corps féminin. Cette mouche faisait tout à l'envers et après le dévoilement de la vulve brillante et charnue, s'attaquait aux délices des préliminaires. C'était, en effet, une cheville remarquable, revêtue d'une peau délicate, « une cheville à escarpins », pensa Michel avec une moue d'expert. Il frottait ses yeux qui commençaient à fatiguer à force d'être plissés pour mener sérieusement leurs deux missions conjointes : la protection des rayons du soleil et la scrutation farfelue des trajets de la mouche. « Cette pêche à la mouche est obscène », reconnut Jean avec dans l'intonation un soupçon de culpabilité et sur les lèvres un rictus de satisfaction perverse. « C'est lamentable », confessa Michel avec le même paradoxe facial. Sans que pour autant leur attitude ne montre le moindre changement. Michel se racla la gorge et tenta de détourner le regard de cette fichue bestiole qui batifolait désormais sur le mollet, avançant par à-coups, dans un sens et dans l'autre, effectuant son travail de mouche. « C'est bon, nous y sommes », alerta Jean dans un souffle. Elle venait de s'élancer vers sa zone de mission sans tergiverser. C'est un insecte sans retenue qui se posa sur l'aine provoquant une ouverture de gymnaste des deux jambes et ainsi la révélation absolue d'un sourire horizontal et entrouvert. Maxillaires serrés, paupières tremblantes, fronts humides, les deux hommes partageaient les symptômes d'une fièvre mâtinée de honte. Une concentration paroxystique leur permettait d'entendre nettement les bourdonnements de l'insecte. Les plagistes n'existaient plus, un brouillard effaçait les silhouettes, la clameur estivale s'était tue. Il ne restait que ce corps assoupi, une touffeur de sauna, un bourdonnement entêtant et ce point noir sur un coussin rose. Ce mouchard mandaté par leur vice pour dévoiler l'origine du monde.

— Allons nous baigner ! lança Jean à voix haute en se levant avec brusquerie pour signaler aux miettes de sa morale que cette scène grotesque devait cesser.

Il avait presque crié pour que sa déclaration soit sans retour, pour signifier aux parties honteuses de son corps et de sa conscience que cette farce libidineuse avait assez duré.

— J'ai la nausée, répondit Michel en se levant.

Je ne me sens pas très bien, j'ai dû m'assoupir, ajouta-t-il dans un mensonge grossier destiné à blanchir son âme.

— Bien évidemment ! Nous venons de faire une sieste et nos songes nous ont menés au même endroit.

— De toute façon, nous n'avons rien fait de mal... j'entends par là que nous ne l'avons pas cherché. C'était devant nous, nous ne nous sommes pas déplacés pour voir, c'était là. Je n'ai quand même pas mandaté cette mouche. On pourra enquêter, je n'ai aucun lien ni amical, ni familial et encore moins de rapports professionnels avec elle. Je pourrais toujours jurer que je ne la connaissais pas. C'est la stricte vérité. Je ne suis qu'un témoin, comme pour un accident. J'étais là, j'ai constaté. C'est tout.

— Il ne nous reste plus qu'à espérer qu'elle ait son baccalauréat...

— Je me sentirais un peu mieux si elle avait déjà obtenu une licence ou même un doctorat.

— Quelle vilaine bestiole tout de même ! conclut Jean avec un ricanement inquiétant auquel il mit un terme en plongeant précipitamment, afin de laisser ses turpitudes à bonne distance.

Le geste, comme l'intention, était bon mais se solda par un échec. Ses brasses sous-marines et ses yeux clos n'eurent comme résultat que de lui resservir ces images impures sous les paupières. Il entreprit, sans prévenir son camarade, de rejoindre une bouée éloignée en un crawl frénétique. Se perdre dans l'effort physique et l'eau fraîche lui apparut comme un moyen efficace de changer de séquence, comme une nuit de sommeil permet de regarder la veille avec distance. C'est du passé, se dit-on pour se rassurer après un comportement piteux, et demain j'en serai plus loin encore. Il était accroché à la bouée désormais et tentait d'apercevoir au bord de l'eau la silhouette de ce garçon qu'il devait peut-être considérer comme un ami. Le destin venait de leur offrir, en peu de temps, de sérieux souvenirs. La violence, l'ivresse, le rire, l'effort et la honte pouvaient être les ferments d'une amitié solide, pensa-t-il. Il se demandait si cet avis était partagé par celui qu'il ne parvenait pas à voir à l'horizon. Michel était un garçon bien éloigné du romantisme désuet incarné par Henri, bien moins cultivé aussi, c'était évident. Il était élégant, mais d'une élégance de nouveau riche, cette élégance comptable qu'ont souvent ceux que la soudaine fortune a sortis de la précarité et qui veulent cumuler tous les attributs de la réussite extérieure, devenir plus bourgeois que le bourgeois. Henri donnait plutôt le sentiment d'avoir le pantalon de son grand-père, les chemises de son oncle, les souliers vernis d'un lointain ancêtre, il portait vraiment la minuscule montre en argent de sa mère, ses foulards aussi. Henri incarnait le déclin avec panache, Michel symbolisait l'ascension un tantinet bravache. Jean avait tenté d'imaginer une rencontre entre les deux hommes et s'était ravisé aussitôt. Henri n'aurait jamais supporté de fréquenter un « voyageur de commerce », comme il appelait avec dédain tous ceux qui font profession de vendre autre chose que de l'alcool. Une ivresse, entre eux, se serait soldée par une provocation en duel.

Perdu au milieu des eaux, cramponné à la bouée glissante d'algues et irritante de petites berniques, Jean réalisa à quel point Henri lui manquait. Qu'était devenu son ami si particulier ? Dans quel troquet pouvait-il bien scander ses théories urticantes, aspergées de lotion bon marché ? Était-il toujours en vie ? Ce n'était pas certain, tant cet homme favorisait méthodiquement le dégoût de lui-même et, à certaines heures de la nuit, le mépris des autres. Comme si être son propre ennemi n'était pas suffisant, il s'en cherchait d'autres. Lequel de ses adversaires aurait sa peau ? En tout cas Jean savait, pour s'y être rendu lors de son dernier passage à Paris, qu'il n'habitait plus son faux loft poussiéreux. Henri avait laissé sa place à un couple branché et à des meubles suédois. Le parquet était ciré et des plantes remplissaient la cheminée, probablement pour ne pas polluer. Un coup de peinture avait blanchi l'univers gris et taché d'Henri, un coup de pinceau avait balayé son fatras de souvenirs et de tourments. Le portrait de Pompidou s'était effacé au profit d'un poster de Fidel Castro portant deux Rolex, véritable cynisme ou manifestation naïve d'allégeance aux idées révolutionnaires ? Il frissonna sous l'effet cumulé de la froideur du souvenir et de la fraîcheur de l'eau et entreprit de rentrer à la brasse, plus par absence de choix que par volonté, il était exténué.

Arrivé tremblant sur le sable, il ne trouva pas Michel. Et, tout en déplorant de ne pas avoir de serviette, il se dirigeait vers le bar de plage pour y commander un chocolat chaud parfaitement incongru à cette période de l'année et surtout à ce moment de la journée, lorsqu'il entendit des rires légers accompagnant en chœur une voix éraillée d'ivrogne. Michel était en grande conversation avec les trois déesses tournesols. Tandis que Jean avait tenté de fuir le souvenir de cette scène désolante Michel s'en était rapproché. Il se demanda par quelle magie celui-ci avait pu nettoyer sa conscience aussi rapidement et changer d'opinion aussi vivement. Elles formaient un demi-cercle devant lui. Deux d'entre elles avaient les bras croisés et jouaient de leurs pieds avec le sable, alors que la troisième continuait à tripoter ses cheveux de son index, affichant un sourire extatique devant ce fanfaron dégingandé à la peau rose vif de Britannique passé de l'aéroport à la plage sans transition, ni lotion. Jean resta en retrait derrière Michel, suffisamment proche cependant pour entendre son discours. L'agent immobilier expliquait comment il s'était réveillé dans les marais un matin avec un nouvel emploi et un patron étrange qui l'avait abandonné sur la plage pour rejoindre New York à la nage. Son récit ne manquait pas de charme, mais Jean crut y déceler des zestes de moquerie à son endroit. Il fut partagé entre l'envie d'attendre la fin de l'histoire, au risque de le regretter, et celle d'intervenir pour apporter son chapitre à la fable que Michel récitait devant trois sourires enjôleurs. Il décida de rejoindre le petit groupe après avoir dévisagé la jeune fille au short-jogging. Une coiffure léonine de cheveux bruns amincissait un visage aux traits réguliers délicatement arrondis par des joues pleines que plissait un sourire réjoui. Son charme irrésistible rendait plus pernicieux encore le manège de la mouche. Son ventre, mince mais moelleux, semblait peu torturé par les régimes et révélait une négligence de bon aloi entretenue, il voulut le croire, par un appétit pour les cocktails alcoolisés et les dîners caloriques. Son torse nu et mordoré portait de petits seins pointus qui se passeraient volontiers de soutien pendant de longues années. Jean se demanda quel âge pouvait avoir cette poitrine. Il se rassura, après un vif débat avec sa conscience, en concluant qu'elle était trop âgée pour intéresser David Hamilton. C'est avec cette sérénité fragile qu'il se rapprocha du groupe.

— Ah voilà mon patron ! s'exclama Michel, railleur, en posant sa main sur l'épaule de Jean.

— C'est vrai que vous lui avez fait signer un contrat de travail sous l'emprise de l'alcool ? s'enquit la plus ronde sur un ton de procureur.

— Ces jeunes femmes sont en licence de droit et mademoiselle se destine au droit du travail.

Michel appuya sa déclaration d'un clin d'œil exagéré pour signifier à Jean qu'ils n'étaient coupables que de voyeurisme et qu'ils échappaient au crime de pédophilie oculaire.

— Ce que vous avez fait s'appelle shangaïer votre victime, argumenta, avec un sérieux rieur, le magistrat en bikini.

— Écoutez bien Jean : vous m'avez shangaïé. J'espère que vous avez honte, rebondit Michel avant d'ajouter, mais de quoi s'agit-il d'ailleurs ?

— C'est une technique que les armateurs utilisaient pour enrôler de pauvres bougres sur leur bateau. Ils les faisaient boire comme des trous toute la nuit et au petit matin leur faisaient signer un contrat de travail. La chiourme se réveillait au milieu de l'océan, avec une gueule de bois qui pouvait durer plusieurs mois.

— C'est tout à fait ce qui m'est arrivé, sauf que moi, je me suis réveillé au milieu des marais, s'esclaffa Michel que la compagnie féminine semblait rendre euphorique.

— Oui, c'est à peu près ça, confirma Jean, à la différence notable qu'hier les deux parties étaient ivres et qu'on ne sait pas encore qui est la victime…

— Ce n'est pas faux, et si l'on fêtait tous ensemble mon nouvel emploi ?

— C'est une bonne idée, minauda la jeune fille au magazine qui avait glissé son téléphone intelligent entre sa hanche et son maillot de bain comme le faisaient les cow-boys avec leur Colt. Mais pas ce soir. Nous avons une soirée d'anniversaire à La Baule, ajouta-t-elle avec un brin d'importance.

— Eh bien nous pourrions dîner au restaurant tous ensemble demain soir, qu'en pensez-vous ? lança Jean que l'euphorie de Michel contaminait.

— Comment comptez-vous faire pour dîner au restaurant ? Vous êtes fauché ! rétorqua ce dernier avec une perfidie qui laissa son destinataire pantois.

— Pourquoi vous vouvoyez-vous ? Vous avez le même âge, demanda la déesse à la mouche avec une voix enrouée.

— Parce que sous ce corps jeune et musclé, se cache un esprit de vieillard conservateur, enfonça Michel que rien ne semblait arrêter dans son rôle de coq.

— Nous nous vouvoyons, Mademoiselle, parce que le vouvoiement a le mérite de hisser au même niveau de respect un nouveau riche qui roule en Porsche et le modeste ouvrier agricole que je suis.

Cette réponse produisit un schisme flagrant chez les trois jeunes femmes. Tandis que la jeune fille au magazine et celle au chapeau de paille jaugeaient Michel avec un intérêt nouveau, la troisième chercha à plonger ses yeux dans ceux de Jean. Les religions du luxe et de la terre semblaient avoir trouvé naturellement leurs ouailles.

— Comment vous appelez-vous ? demanda Jean en tentant de détacher son regard des yeux verts qui le fixaient.

— Laetitia, répondit la fille au chapeau de

paille en s'approchant de Michel pour lui faire la bise.

— Et moi, c'est Claire, déclara, sans bouger, avec un sourire doux celle au short-jogging.

— Je m'appelle Pauline, annonça la dernière avec un mouvement de cheveux magistral emprunté aux égéries de L'Oréal et en avançant ses seins au plus près du torse de Michel pour l'embrasser.

— À demain donc. Retrouvons-nous pour prendre l'apéritif sur la plage, qu'en pensez-vous ? proposa ce dernier avec un sourire niais qu'il pensait peut-être irrésistible.

Jean se félicita de cette situation. Paradoxalement, il trouvait un certain confort à n'intéresser qu'une des trois filles. Battu aux suffrages des intérêts, grâce à la magie que réserve souvent la démocratie il pouvait se retrouver seul vainqueur du scrutin. Tout d'abord, il semblait plaire à celle qu'il trouvait la plus séduisante. Ensuite Michel paraissait être la proie de deux demoiselles au caractère affirmé. Parfois, l'embarras du choix pouvait se convertir en malédiction. Pour des histoires de fidélités amicales, de hiérarchie des besoins ou de sens des priorités, les deux rivales se neutraliseraient probablement l'une l'autre, songea-t-il, sans le déplorer. Peut-être même chercherait-il à jouer sa partition auprès de ce trio. Le comportement sournois de Michel, c'est peu de le dire, lui restait en travers de la gorge. Ils n'étaient pas amis, c'était certain. Et ils ne le seraient probablement jamais, en tout cas face aux enjeux féminins. Si ce satrape tirait dans le dos en période de bombance, que ferait-il lors d'une famine ? Son élégance vestimentaire dissimulait une indéniable grossièreté de caractère qui l'éloignait des apparats d'un dandysme élémentaire. Invoquer une supériorité financière pour se pousser du col aurait pu se justifier, à la rigueur, s'il n'y avait eu qu'une fille à séduire, en duel. Il aurait pu s'en servir comme d'une estocade définitive, pourquoi pas, et encore. Mais brandir l'humiliation matérielle alors qu'il y avait trois jeunes femmes pour deux hommes relevait de l'inutilité la plus absolue. Un manque de tact que Jean souhaita condamner en s'éloignant seul, à pas vifs. Il marmonnait des imprécations, laissant derrière lui un sillage d'amertume.

Quand ils reprirent la direction des marais, leurs attitudes s'accordaient à leurs humeurs. Michel, avec des airs de conquérant, sifflotait en adressant des mercis à la vie et à chacune des fleurs qu'il rencontrait. Jean, les épaules rentrées, tentait de s'expliquer son comportement de mauvais perdant qu'il n'avait pas réussi à dissimuler. Il n'avait pas côtoyé de femme depuis le départ de Domitille un certain matin de fin septembre. Il avait passé onze mois sans jamais en éprouver le besoin. Il avait laissé filer les quelques rares occasions qui s'étaient présentées, avec un sens du devoir absurde vis-à-vis d'une fille qui n'avait probablement pas eu cette même délicatesse mémorielle. Il n'en avait pas eu envie, tout simplement. Le souvenir de Domitille s'était montré très envahissant, son ombre avait durablement assombri sa libido. Elle l'avait laissé sur les genoux, le cœur sec et le désir éteint. La bêtise propre aux sentiments avait nettoyé son esprit des désirs sales du corps et des salaces mélanges des chairs. Hormis les érections matinales mécaniques, aucune pensée lubrique n'était venue le polluer. Il était encore, hélas, furieusement amoureux d'elle. Mais il pouvait considérer ce désir dévoilé sous un short-jogging comme un début de guérison. Et Michel avait tenté, avec son humour mesquin, de lui retirer son médicament des mains. Il en ressentait une profonde vexation, et s'enfonçait déraisonnablement dans une jalousie abyssale.

L'absence de Michel, le lendemain matin, n'étonna pas Jean. Il s'y attendait. Il pensait même en être responsable. Elle ne l'arrangeait pas, mais elle le réjouissait. La vengeance l'emportait sur l'intendance. La vengeance l'emporte toujours sur tout, à commencer par la raison, la raison surtout.

La veille, Michel s'était montré d'une efficacité remarquable lors de la récolte de la fleur de sel. Une efficacité insolente, facile, simple, sans effort, sans accroc qui avait exaspéré Jean.

Après une explication sommaire, le néophyte s'était majestueusement passé des conseils que Jean aurait voulu lui assener d'un ton impérieux et professoral. Il avait misé sur cette séance d'apprentissage pour consoler son ego. Michel lui refusa ce cadeau. « Ce crétin sautille, il va bien finir par se vautrer... », avait-il bougonné en le regardant au loin manier sa lousse avec maestria. La silhouette de son employé se dessinait à l'horizon avec la perfection des éléments qui font depuis toujours partie du décor. « En 1257, une même silhouette se dressait certainement ici à la même heure, dans la même posture. 1857, même personnage, même tableau. 1957, toujours la même scène. Et là, cette tache presque obscène qui s'incorpore au dessin... », rumina Jean.

Michel prenait un plaisir ludique à vider les œillets de leur fleur. Les consignes avaient été simples et leur application, certes exigeante, correspondait à l'idée qu'il se faisait de la vie : un défi. Il avait écouté Jean lui expliquer, d'un ton peu aimable, les règles du jeu avant de lui confier son outil, une sorte de longue épuisette améliorée. Il s'agissait de placer la base de cette épuisette à équidistance entre le fond de l'œillet et la nappe de sel. Il fallait garder ce niveau pour éviter de racler la vase du fond. « Sinon vous allez souiller la fleur avec la matière remuée, vous comprenez ? » lui avait dit Jean, en détachant les syllabes comme s'il s'adressait à un enfant ou un demeuré. Là résidait la plus grande difficulté, maintenir cette posture, gérer cet équilibre à bout de bras. La satisfaction était à la hauteur de l'enjeu. Il y avait une sorte de jouissance auditive à entendre la couche de sel crisser en se fracturant pour rentrer en plaquette dans sa lousse. Un orgasme visuel à voir ces cristaux blanchir en s'égouttant et remplir le contenant de son outil. Une satisfaction primitive à voir le niveau de sa cueillette, cet amas pâteux baignant dans son jus rose pâle, augmenter dans sa brouette. Il était pleinement heureux, le corps caressé par un vent puissant et doux. Il se trouvait des grâces de patineur artistique, au milieu de ces miroirs de givre moirés des couleurs lisses et pastel du couchant. Il avait constaté, en souriant, qu'il lui avait fallu commencer à travailler pour profiter de ses vacances. Ce moment eût été parfait s'il n'avait pas senti venir de loin, à contre vent, un mauvais esprit. Il avait bien entendu les instructions de Jean, portées par une voix sèche, et ses conseils soutenus par un regard malveillant. Il regrettait un peu sa saillie perfide sur la pauvreté de son patron. Il attendait d'avoir terminé sa tâche pour lui présenter ses excuses et sursauta lorsque Jean, jaillissant dans son dos, lui annonça que la journée était terminée, et que la nuit serait là dans dix minutes.

— Je n'ai plus que deux œillets à peaufiner, il reste de la fleur, on ne peut pas l'abandonner ! Que se passerait-il si nous partions en la laissant comme ça ? Elle sera toujours là demain matin ? demanda Michel avec un professionnalisme qui l'étonna et un falsoculisme parfaitement assumé.

— Non, le poids de la rosée va la faire couler dans la nuit. Mais il en reste très peu, ce n'est pas dramatique.

— Bah écoutez, je suis très bien ici, je vais continuer tant qu'il reste un peu de visibilité. Enfin, si ça ne vous dérange pas.

— Ah oui ? D'accord, pourquoi pas. Si ça vous plaît tant que ça, je ne vais pas vous interdire de m'enrichir, lança Jean, en pensant à la nuée de moustiques qui allait envahir les marais dans très peu de temps. Restez donc ! Vous avez raison, il ne faut pas gâcher, renchérit-il, avec un ton rendu soudain moelleux par le souvenir aigu de ses premières attaques de moustiques.

— Très bien, merci ! Je suppose qu'une fois mon travail achevé, je retourne ma brouette comme vous l'avez fait et que je plonge mon outil dans l'eau, à côté du vôtre, demanda Michel qui, par son zèle, tentait de présenter ses excuses.

— Oui, voilà, vous supposez bien. Trempez donc votre outil dans l'eau, répondit Jean en tentant de réprimer un sourire sadique.

Il savait pertinemment que Michel abandonnerait tout son attirail en vrac dès qu'il serait embrumé par des dizaines de vampires ailés.

— Parfait, merci. On se voit demain de toute manière ? Quelle heure ? lança Michel en se dirigeant, guilleret, vers le prochain œillet.

— Oui, oui. Voilà, c'est ça. À demain, vers huit heures, ce sera très bien. Bon courage hein !

Michel s'enfonçait déjà dans les ténèbres quand Jean arriva à sa voiture. En la démarrant il ricana : « Quel idiot. Il va bien voir le sort que la nature réserve à son sens du travail bien fait. » Il repensa en jubilant à ses propres expériences. Le sentiment d'étouffement, lorsque les moustiques se posent sur les lèvres, le ridicule qu'on ressent en arrosant, toujours trop tard, son propre visage de baffes pour faire fuir des insectes qui ont déjà pompé leur dose et se sont reposés ailleurs. Le bourdonnement léger mais assourdissant qui transforme dix spécimens vicieux en deux cents, en mille, en des millions, et l'angoisse paranoïaque qui découle de ce recensement effrayant. Ce son qu'on entend encore, alors qu'on est hors de leur portée. Et surtout ces démangeaisons insupportables qui rayonnent largement autour de la piqûre, qui donnent le sentiment pendant de longues heures d'être un bouton géant, un prurit ambulant. Mais ce plan machiavélique s'effondra brusquement lorsqu'il repensa à la maladresse dont Michel avait fait montre jusque-là. « Ce crétin est capable de courir dans la vase pour s'échapper et de crever englouti dans une flaque d'eau ! » Il fit brusquement demi-tour sur la route. Il ne s'agissait pas pour lui de sauver Michel des moustiques, mais de se poster à l'entrée de l'impasse du marais au Roy pour s'assurer qu'il allait s'en sortir. Il laissait un quart d'heure à la voiture de Michel pour passer devant lui, sinon il irait le récupérer.

Comme de larges et plans photophores, les œillets reflétaient les dernières lueurs du jour bientôt gommé. Michel soufflait, sifflait, maître heureux du crépuscule tiède et orangé, soulagé de n'avoir plus à supporter la tutelle médisante de Jean, ses regards certes lointains mais dont il avait senti le poids sur chacun de ses gestes. Il l'avait bien entendu marmonner, lorsqu'il le croisait pour aller vider le contenu de sa brouette sur le tamis. Il pensa qu'il lui faudrait encore s'excuser. « Ça fait beaucoup d'excuses, pour une relation si neuve ! », avait-il déploré à voix haute, en slalomant sur ces pistes d'eau. « Si j'avais dû inviter au restaurant puis m'enivrer avec toutes les personnes que j'ai vexées dans ma vie, je ne serais qu'un vieil alcoolique ruiné », rit-il en s'imaginant attablé avec tous ses clients. « Oui, c'est vrai, votre maison valait bien plus, je vais vous rembourser la différence en vin blanc. Jeune homme, apportez-nous pour trente mille euros de muscadet bien frais, s'il vous plaît ! » Il n'avait jamais culpabilisé d'exploiter l'ignorance, le manque d'imagination, l'urgence ou l'absence de choix des vendeurs. Il se demandait pourquoi ces remords venaient soudain titiller sa conscience au beau milieu de ses vacances. Il en conclut que le farniente était un relâchement abominable, qu'il n'était pas fait pour ça, que cela introduisait une sorte de laxisme dans son comportement, lorsqu'un visiteur importun le tira de ses réflexions en lui titillant la nuque. Sa main rata de peu l'attaquant qui vint le narguer, en zozotant sa mélodie près de ses tympans. Il ricana, il était bien trop rusé pour se souffler l'oreille en tentant d'écraser l'insecte et se contenta de balayer l'air avec le plat de sa main. Il s'approcha de l'œillet pour enlever les derniers fragments de dentelle d'un geste qu'il trouva honnêtement précis et léger. « Je suis vraiment bon », susurra-t-il à l'oreille de son ego au moment où deux moustiques venaient taquiner son front. Le temps de renverser la fleur dans sa brouette et ceux-ci avaient déjà décollé pour préparer l'assaut suivant. En se précipitant avec sa charge sur un circuit dont il parvenait à peine à distinguer les contours, il se souvint des encouragements de Jean, de son ton surpris puis mielleux. « Quelle vermine, il savait parfaitement ce qui m'attendait ! », s'écria-t-il. Il balança sa brouette dans un œillet tandis que les moustiques s'attaquaient à son cuir chevelu, son cou, ses mains, et toute parcelle de peau qui se trouvait à découvert. Il lui semblait les voir fleurir à mesure qu'il avançait, naître à la surface de l'eau pour venir pondre d'autres larves sur sa peau. Comme il devait concentrer son attention sur le trajet qui le sortirait des marais, il employa pour se défendre la technique de l'arrosage de baffes préventif, la frappe grossière, le carnage sur un chantier déjà démoli, et chacune de ses défenses lui arrachait des cris de haine. Cette haine l'avait distrait et le fit trébucher, cette haine plongea son pied droit dans la vase, cette haine se transforma en panique, en hurlements d'effroi, en « Pas ça ! Pas ça ! Non pas ça ! Pas encore ! » Malgré sa panique et ses sanglots nerveux, un reste de réflexes, de lucidité et de pragmatisme lui permit d'extirper par miracle son pied de la vase en laissant coincé son mocassin alors qu'un moustique lui suçait la paupière. Arrivé sur le tremet, il s'arrêta un court instant afin de se gratter le visage, et soulager ses démangeaisons, mais le passage de ses ongles sur ses joues lui révéla une peau durement abîmée par les coups de soleil. Une journée entière à accueillir, sans protection, la réverbération d'un soleil puissant avait transformé sa figure en clafoutis, elle avait cuit tout simplement. Il claudiqua prudemment vers sa voiture, en posant ses mains sur ses joues. Il lâcha une succession de petits cris, aigus et pathétiques, en constatant que ses fenêtres étaient grandes ouvertes et que son pare-brise était constellé de points noirs mouvants et ailés. Il démarra en activant immédiatement ses essuie-glaces et jubila en voyant des traînées de purée d'insectes s'étaler de l'autre côté, et hurla en constatant que le mouvement avait fait décoller tous ceux qui se trouvaient de son côté du pare-brise. Avec une abnégation qui résultait d'une absence totale de choix, il décida d'ignorer les bourdonnements vibrionnants et de manœuvrer au plus vite pour sortir de cet enfer. Il maltraitait le levier de vitesses, laissait le volant glisser entre ses paumes moites, et vouait Jean à une mort lente et cruelle avec des rires nerveux qu'il ne s'était jamais connus et qui, loin de l'inquiéter, le galvanisaient. Après avoir passé la voie ferrée et être arrivé sur le bitume, il exulta en accélérant pour précipiter son retour à la civilisation. Les premiers lampadaires le firent frissonner de joie, la route le combla d'aise, le premier rond-point le fit se sentir profondément humain. Il alluma l'autoradio pour couvrir les bourdonnements des quelques spécimens qui demeuraient dans l'habitacle, poussa le volume à fond. Durant tout le trajet qui le ramenait vers l'hôtel, il activa avec frénésie le lave-glace, comme si les giclées de liquide mousseux sur son pare-brise étaient du baume pour son visage. Il parvint à tuer une demi-douzaine de moustiques avant de garer son 4 × 4 sur le parking. Au moment de pousser la porte tournante, il se rendit compte que sa main était couverte de pelures sanglantes, dont il se débarrassa en la frottant sur sa chemise avec une négligence désespérée. Lorsqu'il se présenta au comptoir pour récupérer sa clef, le garçon de la réception ne put réprimer un rire moqueur.

— Décidément, Monsieur passe de drôles de vacances. Vous avez pris un forfait commando ? Enfin si je peux me permettre...

— Te permets rien, pauvre con, et file-moi ma clef... grommela Michel entre ses dents.

Dans le miroir de l'ascenseur, il dénombra pas moins d'une douzaine de boutons sur son visage et constata que, pour le meilleur et pour le pire, sa journée avait été régentée par les insectes.

En fin d'après-midi le lendemain, une saine fatigue engourdissait les articulations de Jean au terme d'une journée exceptionnelle pour sa récolte. En fouillant dans ses souvenirs, il ne retrouva aucune période ayant réuni autant d'éléments favorables. Elle aurait mérité le renfort de deux, voire de quatre bras supplémentaires. Son *employé* ayant déserté, il était resté seul. Courant avec méthode d'une tâche à l'autre, il s'était privé de cigarette, de repas, de repos, et pourtant cette journée l'avait apaisé. Il l'avait commencée aux premières lueurs avec un fardeau de mauvaises pensées et, tandis que le soleil allait tirer d'ici peu sa révérence, leur poids s'était dissipé. C'était la première fois qu'il constatait qu'une absence totale de réflexion pouvait régler des cas de conscience. Ses problèmes s'étaient dilués dans une certaine frénésie. Jean n'avait tout simplement pas réfléchi de la journée. Cette thérapie par le travail lui valut un léger vertige. Pourquoi se tracasser à réfléchir quand une absence de réflexion est la solution ?

Il bâilla bruyamment, en étirant ses bras, lorsqu'une voix sarcastique l'extirpa de ses raisonnements vaporeux. Vêtu de blanc, les mains dans les poches, cigarette au bec laissant fuir des volutes par grappes, perché au sommet du tas de sel, Michel se détachait sur les couleurs d'un crépuscule aux airs de papier peint pour agence de voyages. La silhouette fantomale le toisait avec une intention théâtrale qui donnait au jeune homme des allures dérisoires de Gatsby pathétique.

— Je ne vous ai pas trop manqué ?
— La mesquinerie ne m'a jamais manqué.
— J'ai beaucoup pensé à vous cet après-midi, en thalasso.
— Et moi, j'ai beaucoup pensé à vous, hier soir, en allumant mes bougies à la citronnelle. C'est peut-être cela finalement la définition de l'amitié : penser à l'autre quand il traverse des moments pénibles. Vous auriez pu ranger votre matériel au lieu de le bazarder tout au long de votre fuite. Car vous avez fui, n'est-ce pas ?
— J'ai dû courir un peu en effet, mais pas autant que vous aujourd'hui, je suppose.

Jean ne répondit pas à cette dernière pique. Il tourna les talons et se dirigeait vers sa voiture quand il entendit dans son dos le bruissement du gros sel sous les pas de Michel. « Il va se casser la gueule », pronostiqua-t-il à voix basse. Il remporta son pari aussitôt et écouta, réjoui, le bruit de la glissade en encaissant les gains de son souhait avec un ricanement de turfiste satisfait. Ce canasson n'était jamais décevant.

— Vous n'en ratez pas une ! Cessez de faire le pitre et filons d'ici avant que les moustiques ne fassent de vous un second festin.

— Ces marais seront mon tombeau ! maugréa Michel en s'époussetant comme un vieux tapis.

— Cessez de me faire rêver, rétorqua Jean sur un ton volontairement diabolique. Montez dans ma poubelle, vieux détritus, nous allons être en retard à notre rendez-vous.

— C'est vous qui dégagez cette odeur de serpillière mal séchée ?

— Cela s'appelle l'odeur du labeur.

— C'est étonnant car, voyez-vous, je travaille beaucoup et pourtant je n'ai jamais senti aussi mauvais que vous.

— Vous êtes vraiment une belle ordure ! s'exclama Jean avec un franc sourire.

— Et vous un petit fumier, répondit Michel en éclatant de rire. Je vous propose la douche de ma suite, c'est sur notre chemin. Je dois avoir une chemise blanche dans ma penderie ainsi qu'un pantalon bleu marine dans ma valise. En retroussant les manches de l'une et les ourlets de l'autre, je devrais pouvoir vous rendre présentable. Je n'ai pas envie que vous hypothéquiez mes espoirs de conquête avec votre odeur et votre apparence.

— Si vous êtes aussi habile dans le marécage de la séduction que dans mes marais, vous allez au-devant de grandes désillusions, mon pauvre vieux.

— En parlant de pauvreté, je tenais à vous

présenter mes excuses pour ma remarque inappropriée hier après-midi. Ce n'était ni pertinent, ni élégant, je m'en veux.

— C'était inutile surtout, mais n'en parlons plus... répondit Jean, surpris de passer ainsi l'éponge sur ce qu'il avait considéré, la veille, comme une déclaration de guerre.

Sa clémence l'étonna d'autant plus que quelques heures auparavant un cessez-le-feu lui paraissait inenvisageable.

— C'est à mon tour de vous présenter les miennes pour les moustiques. Mais si je vous ai bien compris, ce ne fut pas si affreux que ça.

— Vous plaisantez, j'espère. J'ai vécu mon Vietnam hier soir ! Je faisais le fier tout à l'heure pour ne pas vous réjouir, mais j'ai perdu durablement mon honneur et définitivement un mocassin dans cet enfer !

— Notre relation est particulière, tout de même. Nous passons notre temps à nous présenter mutuellement des excuses.

— Tant que ce ne sont pas des condoléances..., répondit Michel qui présentait son visage tuméfié à la brise tiède, en regardant défiler, dans les ténèbres lacérées par les pinceaux de lumière des réverbères filtrés par les branches des pins, les façades chics aux styles éclectiques des villas bauloises.

— Et tant que vous ne me présentez pas votre démission... Si ces conditions favorables persistent, je vais avoir besoin de vous.

— Comptez sur moi, j'ai réalisé depuis peu

que l'oisiveté n'était pas mon genre de coquetterie.

Une fois sous les ampoules tamisées de l'ascenseur de l'hôtel, Jean découvrit sur le visage de son ami intermittent un détail que la pénombre des marais lui avait dissimulé. Celui-ci avait peinturluré sa peau cramoisie de fond de teint, ce qui lui conférait une drôle de teinte orangée, rehaussée par endroits de monticules rose vif, légèrement croûteux. L'apparence de Michel lui rappela celle d'un travesti défoncé au crack qu'il avait vu interviewé dans une de ces émissions racoleuses à la télévision. Ce souvenir le mit mal à l'aise. Il se racla la gorge en faisant mine de fouiller dans ses poches et déplora soudain la lenteur de l'ascenseur tandis que Michel, le regard vagabond, feignait la sérénité en sifflotant une mélodie improvisée et perfectible.

Dans la suite, il prit soin d'éteindre tout de suite le plafonnier et d'allumer les deux lampes de chevet, avec un souci de dissimulation que Jean trouva attendrissant. Puis il se lança dans une démonstration de générosité que Jean trouva suspecte. Il se proposait de lui offrir une belle chemise, bleue et neuve, ainsi qu'un pull caramel col en V d'une marque prestigieuse. En dévoilant une flamboyante collection de mocassins, réunissant plus de couleurs qu'un arc-en-ciel, Michel sembla soulagé d'apprendre que leurs pointures n'étaient pas compatibles. Jean vit bien qu'il n'était disposé à prêter ses souliers qu'à reculons, il le comprit sans même regarder ses pieds hideux, sertis d'ongles semblables à des opercules de mollusque. Des pieds d'ouvrier agricole célibataire, des pieds de souillon qui se prêtaient peu à une métamorphose romantique à la Cendrillon.

Michel s'interrogea brusquement sur son comportement, ce mélange d'étalage fastueux et de générosité n'était-il pas, pour lui, un moyen de camoufler sa gêne ? Il connaissait peu ce camarade de fortune mais il n'était pas nécessaire d'être grand clerc pour constater que leur différence de train de vie était abyssale. Il regrettait désormais d'avoir amené Jean dans ce palace et craignait que celui-ci ne voie dans cette visite qu'une grotesque parade. En lui offrant de beaux vêtements, ne tentait-il pas bêtement de jeter une passerelle entre leurs deux conditions ? Et puis, mais il eut honte de le reconnaître, il préférait avoir face à lui au dîner une de ses chemises propre et repassée plutôt qu'un t-shirt délavé à logo bancaire.

Il entreprit de dissiper son égoïsme en sortant deux mignonnettes de vodka du minibar qu'ils burent cul sec et en silence avant de frissonner de concert et d'en prélever aussitôt deux nouvelles, auxquelles ils réservèrent le même sort mais sans frisson. La troisième tournée fut avalée sur la terrasse, accompagnée de fumée pour irriter divinement leurs gosiers engourdis et rendre leurs langues plus dégourdies.

— Sincèrement, était-ce bien nécessaire tout ce fond de teint ? Je me demande si ce n'est pas pire ainsi.

— Je ne sais pas... Mais ce dont je suis certain c'est que j'aurais dû en garder un pot pour vos pieds. Cette vision rend indispensable la création d'une ligne de maquillage podologique ! Vous avez des pieds de loup-garou !

— Et vous une tête de travelo toxico. Enfin, moi j'ai l'avantage de pouvoir les cacher. Vous, vous allez devoir offrir le spectacle de votre visage toute la soirée à laquelle je vous propose d'aller sans attendre. Je suis pressé de voir l'accueil que vous réserveront nos trois invitées.

— Voyez les choses comme cela vous arrange, ce n'est pas d'un podologue dont vous avez besoin mais bel et bien d'un menuisier. J'ai réservé dans un bel endroit, qui porte un nom d'île malgache. Je m'y suis déjà rendu pour un dîner assommant et j'aimerais bien prendre ma revanche. Le patron m'a promis une table sur la terrasse, dans un recoin tamisé, déclara Michel, plein d'espoir.

La table réservée était parfaitement située et, après avoir salué avec précipitation les trois jeunes femmes, Michel s'empressa d'éloigner de son assiette les deux chandelles qui menaçaient d'apporter un relief lumineux à ses traits vérolés. Le passage du bikini à la tenue de soirée avait métamorphosé ces jeunes filles délurées en jeunes femmes chics. S'habillaient-elles toujours ainsi pour sortir ? Ou était-ce une attention particulière qui leur était destinée ? Ils optèrent pour la version qui les arrangeait, et laissèrent leurs regards voyager au-dessus des menus pour les observer. À défaut d'une éventuelle séduction, ils trouvèrent qu'une certaine courtoisie leur était adressée par l'entremise de ces décolletés élégants et de ces coiffures impeccables que faisaient scintiller des boucles d'oreilles pour deux d'entre elles et des créoles pour la troisième.

Laetitia affichait ses légères rondeurs dans une tunique blanche qui contrastait à merveille avec sa peau safranée et offrait à sa gorge un décolleté sans mesquinerie. Sage et moelleuse était la séduction de ce visage rond. Pauline dévoilait un perfectionnisme forcené. L'improvisation et le laisser-aller étaient aux antipodes de ces ongles étincelants, de ce soutien-gorge sans bretelles et à peine perceptible, de ces lèvres carmin, de cette coiffure relevée mettant en évidence son cou long, fin et hautain. Assurément, Pauline réunissait tous les critères de beauté des magazines dont elle remplissait les tests. « Je sors de la cuisse de Jupiter », hurlait-elle, les lèvres closes, en arborant un sourire sophistiqué et fier. Si la majeure partie de ses émotions passait dans ses sourcils trop épilés – étonnement, concentration, complicité – rien n'apparaissait dans le fond de ses yeux, non que l'intelligence en soit absente mais le contrôle leur enlevait toute expression. Claire, elle, avait misé sur un naturel de bon aloi, une simplicité sans poudre, des cheveux à peine domestiqués, des paupières charbonnées de khôl qui donnaient à ses yeux verts les éclats d'un feu tranquille. En la contemplant, Jean se félicita d'avoir accepté l'aide vestimentaire de Michel. Même bien habillé, il se sentait minable et crasseux sous ses yeux. Il frotta ses mains moites sur ses genoux et tenta de chasser ce sentiment d'illégitimité en constatant que la jeune fille lui adressait des sourires calmes et l'enchaînait dans un jeu de regards. Las, cet intérêt discret n'apaisa pas ses tourments, il les amplifia. Il aurait préféré se battre pour séduire, or il se trouvait cueilli sans un mot, sans un geste, sans une bataille. Sa fierté lui promettait un rôle de Viking conquérant, il se découvrait une vocation de pâquerette. Ce constat décevant se manifesta provisoirement par des épaules basses et un menton rentré. À peine commençait-il à s'accommoder de cette victoire sans gloire qui l'avait désarmé, qu'il repensa à la scène de la veille, à ce qu'avait dévoilé la mouche. Il se demanda l'importance qu'avait ce souvenir sur son comportement présent. Après avoir vu l'essentiel, le reste était-il devenu accessoire ?

De son côté Michel déployait une carcasse pleine d'assurance en occupant de ses plaisanteries l'espace laissé par les silences de Jean. Loin de le diminuer, son infirmité passagère le galvanisait. Son visage tavelé disparaissait derrière ses yeux rieurs et son sourire farceur. Il dissimulait bien ses pensées car, au fond de lui, il commençait à comprendre que ce que les apparences présentaient comme un avantage – le choix entre deux femmes – se transformait en dilemme inextricable. L'attention portée à l'une vexerait l'autre. Un assaut franc en direction de la première fermerait aussitôt, en cas de refus, la porte de la seconde. Ses deux voisines ne l'aidaient pas beaucoup dans sa stratégie. Laetitia riait à toutes ses blagues, même les plus médiocres, ce qui en faisait une camarade idéale. Pauline, dont la séduction s'adressait naturellement au monde entier, sans exclusive, affichait un sourire égal et enjôleur en regardant Michel, le serveur, son téléphone ou le chandelier. Il se rassura en constatant l'abattement physique de Jean. La séduction n'est pas une science exacte, pensa-t-il, et ce soir aucun des joueurs ne semblait savoir comment exploiter des cartes pourtant avantageusement distribuées.

Après une longue attente, le vin fut enfin servi. Les deux bouteilles de chablis redressèrent les épaules de Jean et relevèrent d'un cran ce menton qui menaçait de se greffer à son cou. Ils optèrent tous pour le poisson du jour, une sole meunière sur un lit de salicorne accompagnée d'une julienne de légumes.

— Que faisiez-vous dans la vie, avant de vous faire shangaïer ? demanda Laetitia à Michel.

— Michel est dans l'immobilier, répondit Jean à sa place. C'est la raison pour laquelle il roule en Porsche et collectionne les mocassins, ajouta-t-il sans méchanceté.

— Exactement, je suis une caricature de réussite. Mais après une nuit de bamboche j'ai eu une révélation, un peu comme saint François d'Assise. J'ai soudainement ressenti l'envie d'une vie simple. Enfin, le sort me l'a imposée et je l'accepte bien volontiers.

— Quelle drôle d'idée ! laissa échapper Pauline avec un haussement expressif de sourcils.

— Je peux comprendre ce besoin de recul et de simplicité, déclara Claire en regardant dans le vide, plus précisément en posant ses yeux sur la bobèche du chandelier proche de Jean.

— Et vous, quelles raisons vous ont poussé à travailler dans les marais ? s'enquit Laetitia qui s'était donné le rôle d'animatrice d'une tablée dont chaque flottement semblait lui paraître insupportable.

— Un reportage de France 3, un dégoût de Paris et une succession d'échecs dans tous les domaines de la vie, répondit Jean en faisant tournoyer son vin blanc dans son verre. Mais voyez-vous, depuis que j'ai rencontré Michel, mon raisonnement rebrousse chemin. Le luxe n'est pas si mal, tout compte fait, conclut-il en reconnaissant intérieurement que la suite de l'hôtel – qui était plus spacieuse que son salon-séjour – l'avait impressionné plus qu'il ne l'aurait imaginé.

— Une succession d'échecs ? releva Claire.

— Échec à la faculté de droit, échec en amitié, échec familial, échec en joie de vivre. La liste n'est pas exhaustive mais je ne veux pas plomber le dîner.

— Échec sentimental ? renchérit Claire, en le regardant cette fois dans les yeux.

— Oui, plus tard, en arrivant ici. J'aurais regretté de ne pas cocher cette case, ce sont souvent les échecs les plus flamboyants, non ?

— Eh, eh, les bouteilles sont vides ! Je vais en commander deux autres, qu'en pensez-vous ? s'exclama Michel qui voyait son dîner s'enfoncer dans les méandres d'une séance de pénitence. Notre ami fait un travail remarquable avec beaucoup de mérite. Je l'ai vu travailler et je peux vous assurer que c'est un artiste dans son domaine, compléta-t-il en voulant étouffer les états d'âme de Jean sous les compliments.

Sa stratégie fut couronnée de succès et un ton léger reprit place dans les échanges que vinrent encourager une série de cocktails au grand marnier. Un vent timide et tiède, enfin estival, enveloppait la conversation, enfin joviale, tandis qu'une lune pleine étalait sa nacre sur l'océan.

Jean fit le récit, sans misérabilisme et avec une certaine poésie, de sa première saison dans les marais. Cette année-là, il avait dû attendre le mitan du mois d'août pour commencer sa récolte et que les œillets daignent se vêtir de cette mousseline de cristal qu'il fantasmait depuis dix semaines. Un matin, il avait entendu d'amples claquements d'ailes dans son dos. Il s'agissait d'un couple de cygnes, qui rasait l'eau de ses marais avec majesté. Fasciné par la beauté de la scène, il n'avait pas voulu éloigner, par des cris et des gestes, ces deux oiseaux que leurs habitudes menaient rarement dans cet endroit. La trompette de Louis Armstrong qui s'échappait de son autoradio, loin de les faire fuir, semblait donner un tempo à leur valse à fleur d'eau. Il était resté immobile, avait retenu sa respiration, et avait tout fait pour ne pas troubler ce qu'il considérait comme un don du ciel, une manière de ballet inaugural pour sa saison. Un signe, des cygnes, ajouta-t-il dans un élan rimé, qui dans d'autres circonstances aurait pu être ridicule. Puis les oiseaux s'étaient posés, de leurs grosses pattes palmées, au cœur d'un œillet, ils avaient atterri en fracassant la pellicule de fleur. Il s'était alors mis à hurler pour les éloigner de cette première récolte qu'ils commençaient à anéantir. Ses hurlements ne parvinrent pas à les faire décoller mais au contraire les immondes bestioles apeurées piétinèrent chaque parcelle encore flottante de son trésor. Il courut dans leur direction, avec sa pelle pour les effrayer plus encore. Le couple sournois sauta alors dans l'œillet voisin pour l'écraser méthodiquement, non seulement avec les pattes mais en déployant des ailes qui donnèrent plus d'ampleur à leur vandalisme. Ces belles corbeilles de plumes blanches devinrent des charognards d'eau douce qui dévastèrent quatre œillets avant de s'envoler dans une chorale de ricanements mesquins.

— Avec le recul, conclut-il, j'aurais peut-être dû voir un avertissement dans cette fable prémonitoire qu'un Jean de La Fontaine de supermarché aurait intitulée *Les Cygnes et le paludier*.

— Et quelle morale en tirez-vous, cher Jean de La Fontaine ? questionna Claire avec une douceur charmante.

— Je n'en sais rien, quelque chose comme « Derrière chaque signe magique, se cache un cygne maléfique... » Vous constaterez que nous sommes vraiment dans le rayon des farces et attrapes, répondit Jean qui avait détourné son regard de Claire en réalisant que sa chute n'était pas vraiment à la hauteur de l'histoire, ni des enjeux.

En constatant l'élan de tendresse, cette carte maîtresse du jeu de séduction, que provoqua sur les trois jeunes femmes cette histoire de croûte de sel et de pattes palmées – Jean était même parvenu à émouvoir la très prosaïque Pauline dont les sourcils avaient pris la forme d'accents circonflexes – Michel ne voulut pas être en reste. Il raconta comment, lors de sa première vente, un appartement de deux cents mètres carrés, les acquéreurs, aux yeux trop grands et au portefeuille trop petit, s'étaient désistés au sixième et dernier jour du délai de rétractation en lui faisant parvenir un courrier recommandé qui finissait par un proverbe indien : « Qui ne voit jamais grand, reste toujours petit. » Mais, las, en développant son histoire il réalisa qu'elle manquait de magie et que son public ne trouvait pas les mêmes charmes dans une commission immobilière perdue que dans une récolte saccagée par de grands oiseaux blancs descendus des cieux. Et cette constatation rendit son ton plus saccadé, embarrassé. La chute, il le savait, serait pénible et il regretta de s'être lancé dans cette anecdote.

— Et que s'est-il passé ensuite ? s'enquit Jean compatissant.

— Euh… eh bien, je leur ai envoyé moi aussi un recommandé qui finissait ainsi : « Car vous avez vu trop grand, vous me condamnez à rester petit », conclut-il au supplice.

— Mais c'est excellent ! Vous avez le sens de la formule qui fait mouche ! s'exclama Jean avec un enthousiasme empreint de camaraderie forcée, tandis que les trois jeunes femmes affichaient des sourires polis.

— Si nous prenions une tournée de shooters de Zubrowka ? proposa Michel, le front emperlé, comme s'il souhaitait anéantir la mémoire immédiate de ses invitées avec un élixir puissant.

— Très bonne idée. Et puis, allons en boîte. Il y a un DJ célèbre à La Grange, ce soir. Qu'en dites-vous ? proposa Pauline.

— Qui est-ce ? demanda Jean.

— Paul Kalkbrenner, vous connaissez ?

— Oui, oui, bien entendu, affirma-t-il d'un ton assuré, sans la moindre idée de qui il pouvait s'agir mais voulant éviter le procès en ringardise toujours intenté par l'insolente génération qui pousse la précédente.

Tout le monde accepta la proposition que la vodka, avalée d'un trait, rendait évidente. Michel régla une addition interminable qui fut célébrée par une nouvelle tournée offerte par le patron.

Un taxi fut commandé, il mit une heure à arriver, une heure copieusement noyée de shooters.

C'est dans une ambiance d'ébriété joyeuse et bavarde qu'il déposa les cinq fêtards sur le parking de la boîte de nuit. Alors que tout le monde se dirigeait vers l'entrée, Michel annonça qu'un besoin urgent l'obligeait à aller se soulager dans un fossé. « Avancez, je vous rejoins à l'intérieur », lança-t-il au groupe qu'un individualisme éthylique rendait sourd.

Cependant qu'il sifflotait et souriait aux branches, il fut accosté par un homme d'une trentaine d'années, arborant un catogan luisant et un costume croisé d'un autre temps.

— Ami, veux-tu t'amuser ? lui demanda l'individu sur un ton mystique.

— Tu vois bien que je suis en train de pisser, répondit Michel en se retournant pour cacher son outil, embarrassé par une proposition qu'il imaginait libidineuse. De toute manière, ce n'est pas avec toi que j'envisage de m'amuser cette nuit, affirma-t-il, péremptoire.

— Non, ami, je ne te propose pas une sodomie. Je te propose une capsule de champis. C'est moi qui les ramasse, les fais sécher, et les encapsule. C'est très doux et très fort en même temps.

— Très fort et très doux ! C'est tentant. Mais, au fait, qui es-tu ? demanda Michel en fermant sa fermeture éclair.

— On m'appelle le Grec-Enfant.

— Le Grec-Enfant ? Mais pourquoi ? Tu n'as

pourtant ni l'air d'un Grec et encore moins d'un enfant !

— Grec-Enfant c'est ainsi qu'on m'appelle, ami. On n'explique pas tout dans la vie.

— Ah oui, c'est bien vrai ça. Et combien coûte ton truc ? Ce sont vraiment des champignons ? demanda Michel en tendant sa main pour que le Grec-Enfant y dispose une capsule grise qu'il avala immédiatement.

— Ami, c'est du bio. Ne t'occupe pas de la marque du vélo et pédale. C'est vingt euros et c'est que du bonheur !

Alors que Michel cherchait un billet dans son portefeuille, il sentit une force centrifuge s'emparer de son cortex. Lorsque le dealer s'empara de l'argent, le visage de celui-ci sembla se dégonfler petit à petit comme une tête d'Indien jivaro, des plis apparurent sur ses joues, son front se contracta comme une peau de centenaire, son menton disparut comme aspiré, ses yeux sautèrent comme des bouchons de champagne, son cuir chevelu se rabougrit en une touffe de poils dense. Et tout d'un coup, tel un ballon de baudruche, c'est tout le Grec-Enfant qui se dégonfla et s'envola en zigzaguant dans un bruit de pet géant pour atterrir sur une branche, inerte.

— Ohhhh... souffla Michel ébahi. Merci, le Grec-Enfant, si tu m'entends, merci à l'infini. Oui, merci à l'infini... répéta-t-il avec des trémolos dans la voix, les jambes en chamallow, la main appliquée en visière pour mieux observer une branche vide, devant des jeunes qui le regardaient, perplexes et hilares.

C'est sur un sol de coton qu'il glissa jusqu'à l'entrée de la discothèque. Son visage extatique lui valut l'attention prononcée du patron, qui, magnanime, décida tout de même de le laisser passer malgré la réticence des videurs. Si l'on refuse les âmes perdues dans les boîtes de nuit, où iront-elles s'échouer ? semblait-il se demander, en encaissant les cinq bouteilles de champagne que Michel venait de commander, les yeux exorbités. C'est en marchant sur la pointe des pieds que l'agent immobilier fit son apparition dans la grande salle où une musique puissante lui liquéfia les tympans. Persuadé de saigner des oreilles, il appliqua ses mains dessus, afin de ne pas tacher sa chemise.

C'est ainsi que Jean vit arriver son nouveau cueilleur de fleur de sel. Pantin chancelant, il dansait, la mâchoire prognathe parée au décrochage et les mains se frottant les oreilles, comme un primate. Même son fond de teint participait à cette débâcle, en glissant sur son visage en petites coulées pâteuses. Passé le moment de sidération moqueuse, Jean et les trois filles s'interrogèrent sur cette transformation fulgurante. Ils tentèrent d'attirer Michel vers la banquette pour l'isoler de la foule qui l'avalait, le mâchait, le recrachait sans ménagement, indifférente, boulimique et égoïste comme le sont toutes les foules. Mais leur amphitryon se montra indomptable et refusa de s'emparer des huit bras amicaux – n'y voyant que les visqueux tentacules d'une pieuvre sournoise – afin de poursuivre sa chorégraphie absurde de dessin animé. Il se contenta, de façon ô combien mystérieuse, de les inviter à retrouver séance tenante un certain Grec-Enfant, et à le regonfler en soufflant dedans.

Ils décidèrent donc de le laisser vivre son voyage après avoir décrété que, finalement et malgré les apparences, Michel semblait plutôt heureux de son état si particulier. Ils l'abandonnèrent au moment où il entamait une grande conversation avec un pylône en béton, qui se montrait pourtant inflexible dans ses positions. Une main dans la poche et la tête inclinée pour mieux entendre les arguments de son interlocuteur, Michel paraissait satisfait d'avoir trouvé quelqu'un à sa hauteur.

Pauline et Laetitia firent naturellement le deuil de leur chevalier servant et après avoir vidé la première bouteille de champagne, elles partirent se dandiner dans la touffeur de la piste, en quête de partenaires plus conventionnels et moins aériens. Elles abandonnèrent Claire et Jean côte à côte, face aux responsabilités que leurs échanges de regards depuis le début de la soirée avaient peu à peu imposées. En annonçant qu'il voulait fumer une cigarette dans le jardin Jean sembla vouloir s'y dérober lâchement, et lorsque Claire proposa de l'accompagner, il regretta de ne pas avoir invoqué une envie d'aller aux toilettes pour se garantir la solitude nécessaire aux futurs guerriers. Car après tant de temps sans séduire ni chercher à plaire, cette première confrontation lui donnait l'impression qu'une guerre, douce mais intense, se préparait. Et, pour le moment, les coupes de champagne ne faisaient pas office de munitions suffisantes. Après avoir allumé sa cigarette, il tenta de se concentrer sur les volutes de fumée. Puis il baissa les yeux et observa, embarrassé, que les escarpins chics de Claire voisinaient toujours avec ses souliers abîmés. Michel leur offrit le sujet de conversation qui leur manquait quand il passa près d'eux, désarticulé comme une marionnette qu'une main leste et céleste aurait décidé de torturer. Son verre posé sur la tête, le regard fiévreux, il remerciait son Grec-Enfant, mystérieux comme un ange, en chantant à tue-tête ses louanges.

— Ton ami est étonnant, tenta Claire.

— Oui, je ne sais pas ce qui lui arrive. Je l'ai pourtant déjà vu en proie à une ivresse carabinée et il n'était pas comme ça. Il a l'air plutôt heureux, à sa manière, répondit Jean en suivant Michel des yeux d'un air inquiet et un peu consterné.

— Et toi, tu es heureux ?

— Quand ? De manière générale ou à ce moment précis ?

— Les deux.

— Je dirais que je suis heureux de l'isolement que m'offrent mes marais. Je dirais aussi que je ne suis pas mécontent de me frotter aux gens ces derniers temps. C'est le hasard qui a déposé cet énergumène au seuil de mes œillets. J'ai honte de le reconnaître, mais il me fascine. Il m'exaspère et me fascine. Et souvent ces sentiments se superposent. C'est assez étrange. Il m'arrive d'avoir envie de lui envoyer mon poing dans la gueule et pourtant la seconde d'après je suis tenté de l'emmener boire une bière. Je n'ai pas l'impression que cela puisse convenir à la définition de l'amitié.

— Et là, dans quel état d'esprit es-tu ?

— Eh bien là, j'aurais plutôt envie de l'enrouler dans un plaid, de lui préparer un feu de cheminée et une tisane. Je lui épongerais le front en lui promettant que tout ira mieux demain.

— C'est ce qu'on ferait avec un frère, non ?

— Tout de suite les grands mots.

— Tu n'as pas totalement répondu à ma question de tout à l'heure.

— Laquelle ?

— Es-tu heureux maintenant, tout de suite ?

— Là, je suis angoissé. Je serai heureux quand j'aurai eu le courage de t'embrasser. En réalité, je suis malheureux d'être si pleutre.

Ses yeux toujours baissés lui avaient permis de voir les escarpins de Claire venir encadrer ses chaussures. Il lui suffit de redresser la tête pour se trouver cueilli par ses lèvres. Il posa ses mains sur les joues de la jeune fille, puis il fit glisser ses doigts dans ses cheveux.

— Tu trembles comme une feuille, lui dit-elle, à la fois émue et flattée.

— L'homme des marais est une bête sensible,

répondit-il avant de partager ses lèvres derechef pour s'assurer qu'elle ne s'envole pas, emportée par un dragon, un air marin, un tourbillon ou pire encore, emportée par la réalité, un réveil, la fin d'un songe.

Si, depuis un an, la disparition de Domitille avait congelé ses sentiments, Claire s'employait à les ressusciter, se servant de sa langue comme d'un chalumeau. Il s'étonna de son état, les nerfs à vif, le corps crispé et pourtant soutenu par un sentiment d'abandon absolu. Son corps et son esprit faisaient chambre à part. Ils s'embrassèrent partout. Dans le jardin, sur les banquettes, dans le couloir contre un mur, sur la piste de danse, immobiles et concentrés au cœur d'une frénésie de mouvements. Il était insatiable, elle était consentante. Au fond de la salle, dans la pénombre elle lui demanda d'embrasser ses lèvres.

— Je ne fais que ça, répondit-il prêt à continuer.

— Pas celles-ci. Embrasse-moi plus bas.

— Comme ça, devant tout le monde ?

— Glisse-toi sous ma robe.

Elle posa une main sur son épaule et l'autre sur sa tête en appuyant pour qu'il se baisse. Il fut surpris de ce jeu inversant les rôles traditionnels. Ses genoux cédèrent d'un coup pour se poser au sol, elle souleva sa robe pour recouvrir et envelopper son corps, ne laissant à la vue d'un public indifférent que deux mollets aux pieds pointés sortant d'une robe blanche et bombée à la manière des robes-tambour portées par les infantes de la cour d'Espagne. Jean s'imagina à la Renaissance, caché sous un vertugadin pour satisfaire le vice d'une courtisane. Tandis que Claire lui caressait la tête, il posa ses mains sur ses chevilles, puis les fit glisser le long des mollets fins, embrassa les genoux, caressa les cuisses jusqu'au coton de la petite culotte. Il ne l'enleva pas tout de suite, préférant l'embrasser et la couvrir de son souffle chaud. Le tissu embaumait une fragrance de lessive et d'intimité qui le rendit fou. Il s'empara des deux côtés de la culotte pour la baisser brutalement d'un cran. La distance qui l'avait torturé sur la plage deux jours plus tôt n'existait plus, il était désormais contre ce sexe, tout contre. Ne pouvant le voir, le contempler, il tenta de se remémorer les images de la plage, et d'y superposer ses sensations actuelles, un exercice dans lequel son imagination fit des merveilles. Il appliqua ses mains contre les fesses de Claire, autant pour les serrer que pour attirer vers lui, plus encore, le festin qu'elle lui proposait. Il explora tous les plis qui s'offraient à sa langue. Il suça tant et si bien qu'il sentit Claire se contracter à plusieurs reprises, alors que sa main lui arrachait le cuir chevelu douloureusement à travers le fin tissu. Semblable à un lever de rideau, la robe le libéra et il passa d'une obscurité totale à la pénombre multicolorée des néons. À genoux, les lèvres brillantes et les cheveux hirsutes, il se sentit bête, bête et heureux de l'être. Claire lui tendit la main pour le relever et il vit son visage hilare éclairé par les lasers passagers.

Le DJ tira sa révérence avec un dernier morceau puissant, long, et progressivement déclinant. Claire et Jean s'étonnèrent d'une soirée évanouie aussi rapidement et se mirent en quête de leurs compagnons en fouillant du regard les groupes épars et disloqués qui piétinaient le sol répugnant propre aux fins de soirées. Ils étaient à cet instant où la magie s'envole, où les lumières blanches révèlent les visages chiffonnés, où le silence relatif et nouveau est troublé par des murmures de déception, un brouhaha de retour à la réalité, un charivari. En une minute, ce palais féerique peuplé de princesses splendides et de marquis magnifiques était devenu un défilé de zombies pathétiques.

Ils retrouvèrent Pauline qu'un minet hautain à la coiffure de dessin animé japonais tirait par la main. Apparemment le nouvel éclairage contredisait les promesses de l'ombre et l'ancienne groupie tentait de se détacher de ce mensonge en déployant une méchanceté de harpie que le prétendant ne voulait pas entendre. Jean pouvait le comprendre, dix minutes plus tôt, ce pauvre godelureau emballait un trésor, il pensait avoir décroché la timbale et se voyait désormais accusé de crime contre l'humanité. Il ne savait pas encore que sa frustration du moment deviendrait comme par magie le lendemain, à l'heure des résumés de soirée sur la plage, un sujet de vantardise devant ses amis épatés.

Ils retrouvèrent Laetitia endormie sur une banquette, digne et droite, ses mains jointes lui conféraient des airs de Néfertiti qu'un léger sourire auréolait de sérénité. En ouvrant les yeux, elle sembla déçue d'avoir raté tant de choses, sans savoir vraiment quoi. Après avoir fait le tour de la discothèque à la recherche de Michel, inspecté les toilettes, interrogé les videurs qui se souvenaient de l'olibrius, on les orienta vers le parking pour mettre la main sur celui que l'un d'entre eux avait qualifié de malade mental. Michel était assis sous un arbre. L'air hagard, il semblait aux prises avec un tracassin de toute beauté. Il leur désigna une branche d'où pendait un ballon de baudruche vert dégonflé.

— Si je vous dis que tous mes problèmes viennent de ce ballon, vous ne me croirez pas, je suppose.

— Grec-Enfant m'entends-tu ? Grec-Enfant où es-tu ? psalmodiait Michel, les mains jointes, se moquant de lui-même et de ses hallucinations nocturnes.

— Reconnaissez tout de même que votre histoire est difficile à croire. Un surnom farfelu, un mage qui se dégonfle, un visage qui se décompose, un cerveau qui explose, un corps qui se disloque. Que vous a-t-il dit précisément ?

— « Ami, ne t'occupe pas de la marque du vélo, pédale. » Voilà ce que m'a dit ce vendeur de champignons. Vous connaissiez cette expression ?

— Non, pas du tout. Elle est plutôt bonne d'ailleurs. Surtout en ce qui vous concerne. Vous avez pédalé physiquement et moralement dans la semoule toute la soirée avec une allégresse remarquable.

— Je me souviens qu'il a ajouté : « c'est que du bonheur. »

— Oh mon Dieu ! En revanche, je connais

très bien cette exclamation de malheur. Il faut toujours se méfier des hurluberlus qui la prononcent. C'est une formule magique qui attire les foudres de la poisse sur celui qui l'emploie mais aussi, et surtout, sur ceux à qui elle est destinée.

— Ah oui, j'aurais dû me méfier. C'est vrai, quand j'y réfléchis, le samedi soir à la télévision dès que le présentateur s'exclame « c'est que du bonheur », c'est la garantie d'une soirée pourrie. Le Grec-Enfant m'a dit « c'est que du bonheur » et il s'est dégonflé instantanément pour finir comme une capote usagée sur une branche. Quant à moi, je ne peux pas dire que ma soirée fut maudite, j'ai passé un moment inoubliable mais je n'aurai pas assez d'une vie pour présenter mes excuses à tous ceux que j'ai harcelés.

— Vous avez bien failli contrarier la mienne aussi. Pourquoi avoir dit à Claire, dans le taxi, que nous avions passé un après-midi à reluquer son entrecuisse ?

— Je ne sais pas. Peut-être un besoin de vérité après une soirée falsifiée par les psychotropes. Oui, c'est ça, un besoin de vérité. Je regrette sincèrement de l'avoir fait à vos dépens.

— Encore et toujours des excuses... Ne vous en faites pas, j'ai l'impression que vos révélations sordides ont contribué à l'exciter. Elle paraissait honorée d'avoir occupé les esprits de deux pervers le temps d'un après-midi. Et puis, vous vous êtes largement fait pardonner au petit matin en nous offrant cette suite dans votre hôtel. C'est une matinée qui avait des airs de lune de miel. Je n'ose imaginer le prix d'une telle chambre.

— Un mois de récolte, au bas mot. À ce propos, il faut peut-être vous presser, non ? Vous êtes un peu en retard.

— Eh bien, si vous acceptez de m'accompagner, nous allons pouvoir le rattraper en bûchant comme des damnés.

— Bien évidemment, je vous accompagne ! J'ai tant de péchés à expier. Je vais laver mon âme en transpirant et nettoyer mon corps en le maltraitant. Si nous travaillons durement les dix prochaines heures, je pourrai peut-être gagner l'équivalent des hors-d'œuvre d'hier soir.

Une heure auparavant, après l'avoir attiré dans sa douche en le tirant par la queue comme un toutou, Claire était partie, l'abandonnant nu, trempé jusqu'aux os et ahuri. Elle avait invoqué un poulet dominical à partager avec ses cousins chez sa grand-mère. Une obligation familiale qui avait rappelé à Jean des souvenirs enfuis depuis plus de vingt ans. Il ne voyait plus ses trois cousins – à l'époque des adolescents idiots, bruyants, abrutis par les jeux vidéo – ni ses deux cousines, des sottes, sans gêne et moches qui, hélas, n'avaient pas même le bon goût de s'en rendre compte. Il réalisait qu'il ne savait même pas si sa grand-mère vivait toujours et constatait par la même occasion qu'il n'avait pensé à elle qu'une seule fois ces cinq dernières années, et pour en dire du mal. Il se rassura en se disant que ses parents l'auraient certainement prévenu en laissant, pour une fois, un message vocal sur sa messagerie, au moins un texto. Il n'avait jamais ressenti de tendresse pour cette femme acariâtre et obèse, sans humour. Mais le souvenir d'une famille qu'il avait pourtant volontairement effacée de sa vie lui laissa une impression de vide, pour ne pas dire un vertige de solitude. Ce sentiment flageolant avait été balayé par l'arrivée de Michel sur la terrasse de sa suite. Mine contrite, il semblait vouloir encore se faire pardonner sa soirée sardanapalesque en se faisant escorter par un plateau de viennoiseries tièdes, d'expressos puissants et brûlants, et d'un cliquetis de glaçons dans des jus de toutes sortes. Jean déplora intérieurement l'absence de charcuterie et d'œufs, et en déduisit qu'il s'habituait très vite – trop vite ? – à un certain luxe. Il ne le regrettait pas. Ce luxe était bon à prendre et lui offrirait des images d'opulence les jours de dures besognes, lorsqu'il remuerait la vase sous un ciel gris et froid. Il s'étonna de son optimisme, vertu qu'il avait toujours considérée comme le refuge des niais. En somme, il formulait un *Carpe Diem* très éloigné de sa nature. Mais le panorama splendide qu'offrait cette terrasse ne pouvait qu'inciter à une certaine forme de positivité.

En contrebas, s'étalait, comme une robe déployée, un modèle de haute couture naturelle. Le tissu de gazon, vert brillant, ceinturé par le gris pâle du remblai, débordait légèrement sur la manche de sable humide aux reflets d'argent.

Dentelé d'une fine écume de mousseline, l'ourlet d'une mer saphir s'accrochait au ciel, par un horizon franc qui finissait magistralement le déguisement des éléments. Dans une ultime coquetterie, une touche finale d'élégance, un palmier jaillissait de l'encolure, telle une fontaine végétale immobile, figée comme une broche d'émeraude.

Dans la voiture de Jean, les fenêtres ouvertes ne suffisaient pas à masquer l'odeur de moisissure des tissus, aux relents de champignon. Michel fut pris de nausées et regretta, en épongeant son front inondé, de s'être proposé aussi bêtement pour cette journée qui s'annonçait infernale. Il songea qu'on devrait toujours se méfier des engagements pris dans des circonstances paradisiaques. C'est souvent la promesse de l'enfer, se hâta-t-il de conclure, en voulant imposer son cas particulier au monde entier. À l'approche du rond-point de la plage Valentin, tandis que la guimbarde ralentissait pour s'y engager, une Porsche décapotable en sortait avec le bruit ronflant et prétentieux de l'accélération. À son bord, un vieux beau au teint de carotte, coiffure figée et argentée, épatait avec sa virilité mécanique une miss gonflée et retapée, à la chevelure électrique.

— Incroyable, je viens d'avoir une vision.
— Vous avez cru voir ma voiture ?
— Non mon vieux, mieux que ça, je viens de vous voir précisément dans trente ans ! Nous

venons de croiser votre avenir qui faisait hennir les chevaux de la réussite chevauchés par des filles désintéressées !

— Très drôle, vraiment. Et puis, de toute façon ma Pursche est bien plus belle et plus puissante.

— J'espère que vos futures passagères le seront aussi ! enfonça Jean euphorique en provoquant des grognements boudeurs de Michel.

Quand il arriva sur leur lieu de travail – de torture –, Michel pressentit que ses nerfs l'abandonneraient tôt ou tard. Il ne fut pas aidé par la radio que Jean alluma pour se donner de l'entrain. Celle-ci, inconsciente, diffusait une des chansons carnavalesques de Michel Fugain, au rythme aussi horrible que les paroles. Quelle journée sinistre finalement, pensa-t-il, le cœur au bord des lèvres. Une fois sur le chemin de terre, il finit par admettre que la chanson n'avait fait que déclencher le dégoût qu'il avait de son comportement nocturne. Il avait hypothéqué avec soin l'éventualité de séduire une des deux filles, et son cirque avait probablement rendu l'affaire irrattrapable. Il regarda Jean, celui-ci offrait un sourire insolent à son pare-brise sale et aux éléments qu'il dévoilait : un ciel bleu pâle, deux nuages souriants, des herbes folles, avec la promesse d'une belle récolte et la certitude d'une étreinte torride en fin de course.

C'est électrisé par des pensées mauvaises que Michel s'empara des bras de sa brouette pour la rapprocher du tamis. Il était jaloux et la force qu'il employait pour lutter contre cette jalousie faisait naître chez lui des sentiments proches de la haine. Il se souvenait désormais de la raison pour laquelle il avait avoué la scène de la mouche. Il était guidé par la main sournoise de la jalousie. Il ne voulait pas que Jean réussisse là où il avait échoué. Devant l'absence d'effet de sa confession sur Claire, il s'était senti si minable qu'il s'était proposé d'offrir une suite pour abriter la conclusion de leurs regards complices et brûlants. Il se rendait bien compte que son comportement était instable et cette prise de conscience le rendait malheureux, acide.

Accaparé par ses souvenirs tendres, son présent fructueux et ses projets lubriques, Jean ne remarquait pas ce qui se tramait derrière le visage renfrogné de son camarade. Avec un enthousiasme pétillant, il distribuait les directives, les conseils, et tentait d'instaurer une ambiance « haut les cœurs » alors que Michel ne vivait cette expression qu'au singulier. Peut-être aurait-il pu noyer son amertume dans une activité physique intense, mais Jean lui avait attribué la tâche de trier la fleur de sel. Assis sur une cagette face aux monticules blancs et aveuglants, il devait ôter, en les pinçant des doigts, les impuretés que la lousse n'avait pas filtrées. Dos courbé, jambes sciées, cuir chevelu brûlé, yeux plissés et piqués par la réverbération, il écrasa une larme dont il ne sut pas précisément l'origine. Était-ce une plainte de son esprit, une fatigue générale ou seulement une défense de son œil contre l'hostilité du soleil ? Durant dix minutes, peut-être un quart d'heure, en ne pensant à rien d'autre qu'à son labeur, il tenta d'attraper tous les points noirs qui souillaient la nappe blanche de ces montagnes naines, dérisoires. Une deuxième larme coula. Ou peut-être était-ce une perle de sueur qui lui tombait du sourcil et noyait son œil d'âcreté. Cette goutte d'eau, peu importait son origine, signait la fin de la trêve que son esprit avait tenté de signer avec son amertume. Il se remit à la remâcher en serrant les dents. Tout ceci était absurde. Absurde de faire ce que le progrès aurait dû lui épargner en inventant une machine. Absurde de s'infliger cette peine pour des piécettes. Ridicule de travailler dans ce lieu moyenâgeux. Inepte de s'infliger tout ça après une nuit saugrenue. Insensée cette relation faite d'excuses et de réconciliations. Stupide de vouvoyer ce gueux. Incohérent d'être assis sur cette cagette tout simplement parce qu'il avait pissé sur un tas de sel. Même pas un tas de sel, une bâche. Il s'était vidé la vessie sur un morceau de plastique. Il poursuivit son raisonnement en imaginant un gamin surpris à uriner sur les pneus d'une voiture et qui, cinq jours après, se retrouverait à changer les couches des mioches du propriétaire. Comme si cette pénitence n'était pas suffisante, ce gamin lui offrirait une nuit dans un palace et, pourquoi pas, des dîners princiers dans de grands restaurants. C'était absurde. Il prit conscience, en le déplorant, que depuis le début de leur relation il n'avait pas réfléchi à tout cela. Après tout, il n'avait fait que pisser sur une bâche et ce type avait tenté de le tuer. Depuis, il l'aidait. Et même, il travaillait pour lui. Mieux, le paludier se permettait de l'humilier, de ridiculiser sa réussite en lui destinant un futur de croûton gâteux et luisant. Tout ce respect qu'il croyait mériter, ce respect qu'il pensait avoir gagné à force de travail, était piétiné par ce plouc qui sentait la sueur et la moisissure. Il réalisa que pour un homme qui se vantait d'une vie en ordre, ces derniers jours avaient un parfum de pagaille. Tous les repères, toutes les limites, tous les objectifs qui régentaient son existence depuis l'origine avaient explosé en une semaine. Le solitaire faisait équipe. L'ambitieux qui couronnait ses efforts, ce parcours rectiligne vers une respectabilité financière et professionnelle, en s'installant au Royal Monceau ou à l'Hermitage, se retrouvait ouvrier agricole à Guérande. Ou au Croisic, ou à Batz-sur-Mer, il n'en savait rien et ne voulait pas en savoir davantage. En essayant d'écarter les gouttes de sueur qui menaçaient de chuter de ses cils sur ses yeux, il s'enduisit les paupières de fleur de sel. Il ressentit alors une vive brûlure, assaisonnée de picotements abrasifs.

— Ça suffit ces conneries ! Tout ceci est absurde, cria-t-il en se levant brusquement et en tentant de nettoyer ses yeux avec l'intérieur de son coude. Ça suffit ces conneries, hurla-t-il comme un dément en titubant. Ça suffit, ça suffit, je n'en peux plus, gémit-il avec rage. Apportez-moi de l'eau, bordel de merde, de l'eau et je me casse !

Accaparé par ses mauvaises pensées et dos au marais, il ne s'était pas rendu compte que Jean se trouvait si loin de lui. À deux cents mètres exactement, celui-ci remontait et lissait le sel de son deuxième mulon pour lui donner cette belle forme conique qui fait la fierté des paludiers, la joie des photographes paysagers et celle des amateurs qui se donnent des airs de professionnels. Michel éructait seul et aveuglé. Il ne s'adressait même plus aux oiseaux qu'il avait fait fuir en hurlant. Il vomissait sa haine et le destinataire de cette haine ne l'entendait pas, il sifflait la ritournelle du bonheur à l'abri de ses cris. Aveuglé par le sel autant que par la rage, il se persuada que Jean se tenait en face de lui et le regardait en se gaussant silencieusement.

— Moi dans trente ans ! Vous vous foutez vraiment de ma gueule ! Vous m'avez gardé à vos côtés pour m'humilier, c'est ça ! Je vais vous tuer, dès que je retrouve la vue, je vous tue. Je vous préviens, je vous tue. Je sens que ça va mieux, alors je vous conseille de partir en courant tout de suite, menaça-t-il, en tournant sur lui-même et en papillonnant des paupières avec frénésie, tandis que sa vue passait du noir au flou ses intentions devenaient claires.

Avec ses pouces, il écraserait les yeux du

paludier jusqu'à les rentrer dans sa cervelle. Puis il verserait des poignées de gros sel dans les orbites ensanglantées. Il les remplirait de cristaux blancs et poserait ces foutues impuretés dessus en guise de pupilles. Et ensuite, il lui pisserait dessus. Cette histoire grotesque se conclurait comme elle avait commencé.

Quand il put de nouveau voir, il s'aperçut qu'il était seul. La présence dont il s'était persuadé avait disparu. Guidé par une paranoïa que rien ne semblait apaiser, il décréta que Jean venait tout juste de s'écarter, qu'il s'était éloigné pour se moquer de lui. Le paludier faisait tout cela pour le rendre plus ridicule encore. Ce fumier qu'il avait aidé, couvert de cadeaux, à qui il avait confié son estime continuait à l'humilier perfidement. Lorsque sa vue retrouva sa totale netteté, il aperçut la silhouette de Jean au loin. Une silhouette qui faisait semblant de jouer avec un râteau sur son tas de merde. Pour s'assurer un duel à armes égales, Michel chercha autour de lui un objet qui lui permettrait d'éviter les coups que ce pervers ne manquerait pas de lui porter avec l'outil. Il se dirigea vers la cabane en courant, penché comme un Apache dans le dos de son ennemi. Il s'empara du bout de bois qui servait à remuer la saumure, mais décréta aussitôt qu'il était trop court face à un râteau. Le maillet de bois à ses pieds présentait le même inconvénient. Il avisa une lousse mais l'objet était trop long et trop flexible. Son choix se porta sur une des deux pelles alignées au fond de la cabane. Il empoigna celle avec le manche le plus épais et l'acier le plus rouillé. Si la bataille tournait à son désavantage, il pourrait au moins, au premier sang, inoculer le tétanos au paludier. Cette idée le fit frissonner de satisfaction et d'effroi.

Il décida de contourner les œillets, pour s'épargner une glissade ridicule, et de rejoindre le paludier en passant par le chemin du talus. Accroupi à l'abri des herbes jaunes, il jeta un œil alentour. Personne ne pouvait le voir dans cette position suspecte. Personne ne verrait la scène. Il était libre d'offrir ce spectacle à sa seule satisfaction. Il allait se venger et partir pour ne plus jamais revenir dans cet endroit maudit. Il solderait ses comptes avec le paludier en l'assommant. Il décida aussi d'embarquer un gros sac de fleur de sel, ce serait son salaire pour la sueur, l'effort, les humiliations surtout. « Je le vendrai en sachets sur internet, pensa-t-il, et j'en offrirai à mes conquêtes. Du sel ramassé par mes soins, ça me rendra mystérieux et poétique, comme l'autre. » Il tenta de calculer quel bénéfice il pourrait en tirer mais le résultat le désespéra. C'était le geste qui comptait. Seul le geste importait. Il prélèverait sa gabelle en nature et par la force. Les paumes de ses mains ruisselaient de sueur et le manche glissait entre elles, l'obligeant à faire des pauses pour les frotter contre son short. Jean était encore à trente mètres. Il jouait avec précision sa comédie du Paludier perfectionniste. *La Pelle et le paludier* par Jean de La Fontaine. « Il va pouvoir en formuler des morales à la con sur son lit d'hôpital », grommela Michel avant de s'élancer vers le fossé suivant, courbé et front baissé comme un bélier. Il était à dix mètres de sa proie, sa tête se félicitait de ne pas avoir été repérée mais son cœur battait comme s'il l'avait été.

Jean voyait enfin venir la fin de sa besogne. La première année, il avait oublié de remonter son sel pour en faire une belle pyramide ronde. Il l'avait oublié un peu volontairement. Cette tâche prenait du temps et il s'était senti tellement dépassé par le reste. Mais au fil de la saison, il avait vu les mulons de ses voisins de marais prendre une belle forme de montagne, comme celles des peintres d'art naïf, tandis que ses deux tas de gros sel ressemblaient à de beaux volcans d'Auvergne, affaissés, creux et étalés. Remonter le sel demandait de la force, arrondir les angles exigeait de la patience mais le résultat valait la peine. Chaque matin, la vue de ses deux mulons lisses, circulaires et pointus le rendait fier. Il ressentait même une certaine tristesse fin septembre, début octobre quand les engins venaient pelleter le gros sel pour l'embarquer. Comme un sculpteur qui verrait son travail minutieux dévoré par de grosses mâchoires mécaniques. D'un autre côté, la disparition de ses mulons signifiait la fin de la saison. Un repos relatif, tant il restait à faire pour l'entretien des marais et la préparation de la prochaine. Celle qui était en cours était encore une promesse, un serment favorable. Il avait trouvé ce que l'avenir pourrait peut-être permettre d'appeler une petite amie, et rencontré ce qu'il pouvait considérer comme un ami. La météo garantissait un avenir radieux sous tous les cieux. Pour une fois, il voulait croire cette menteuse compulsive.

Il se redressa et tourna la tête en direction de Michel pour s'assurer que celui-ci était toujours à sa place. Son ami avait montré des signes de fébrilité lorsqu'il l'avait quitté. « Il va mettre du temps à digérer sa soirée », pensa-t-il en constatant que Michel avait disparu.

Jean chercha l'origine des acouphènes qui vinrent soudainement envelopper son crâne. Il trouva leur source quand un gros bourdon frôla son cou, et resta stoïque face à l'insecte en l'observant voleter le long du mulon blanc. L'insecte se dédoubla par le tour de magie que permet le soleil, associé à sa cousine maléfique, l'ombre. Le jumeau spectral du bourdon grossissait à mesure que l'insecte s'éloignait. Et aussitôt, le monstre se transformait en moucheron inoffensif dès que son siamois se rapprochait du tas en bourdonnant gravement. Un bourdonnement soudain accompagné d'un piétinement rapide et de l'apparition d'une ombre élancée qui s'étira vivement sur la camelle blanche. Un bourdonnement amplifié et poursuivi par un râle guttural.

— Ah vous êtes là, dit Jean surpris, en se retournant doucement au moment où le tranchant de la pelle glissait le long de son bras en l'écorchant légèrement.

Michel releva immédiatement sa bêche pour

la faire repasser au-dessus de son épaule. Suspendue, la pelle semblait réarmée. Ses yeux, ses yeux hallucinés de la nuit précédente, ses yeux rouges humectés aux orbites irritées distribuaient des rafales de clignements incontrôlés. Une fusillade lancée à partir d'un visage guerrier, déformé par un rictus démentiel. Sa mâchoire crispée paraissait taillée dans l'acier d'un casque barbare, un heaume de peau jaunâtre striée de rougeurs. Une déraison somnambulique flottait autour de son esprit en se manifestant par des ricanements haletants.

Tenant son bras écorché, Jean ne chercha pas à parlementer avec son adversaire tant les paroles semblaient vaines devant cette allure de pierre. Il esquiva de justesse la foudre du second coup. Le bruit sec de l'acier tranchant le gros sel lui intima l'ordre d'agir. Déjà la pelle dressée menaçait de lui briser la tête en deux, lorsqu'il vit le manche glisser des mains de Michel et l'outil s'envoler. Avant même l'amerrissage de l'arme dans un œillet, Jean s'était élancé sur le torse de Michel dans l'intention de le plaquer au sol, mais celui-ci lui assena de violents coups de coudes dans le dos qui le firent tomber à genoux. Il ne s'agissait plus seulement de neutraliser son adversaire, le dos en feu, le bras brûlant, il voulait désormais l'anéantir. Paradoxalement, le violent coup de pied dans le visage que lui envoya Michel lui donna l'élan suffisant pour se redresser. Ce fou à lier venait de lui casser le nez et de fendre sa lèvre supérieure. En passant la main sur son visage pour le nettoyer, Jean le barbouilla sans le vouloir de traînées visqueuses et rougeâtres pareilles à des peintures de guerre tribale.

Privé de son arme et face à un adversaire debout et encore vivace, Michel sembla décontenancé l'espace d'un instant.

— Misérable merde, tu fais vraiment tout pour que ces marais soient ton tombeau, menaça Jean.

Mais Michel ne lui répondit pas. Il prit une poignée de gros sel dans la brouette qu'il lança pour tenter d'aveugler le paludier et profita des deux secondes de répit pour se réfugier en courant derrière le mulon.

— Ah, tu veux jouer à ça ! Eh bien jouons. Si je t'attrape je te tue. Je t'attrape, je te traîne et je me sers de ta tête comme d'une tondeuse à gazon, hurla Jean qui avait définitivement perdu tout sang-froid.

Sa menace fut accueillie par un éclat de rire.

— Tu n'aurais jamais dû laisser cette pioche ici, pauvre abruti. T'as pas besoin de me poursuivre, je t'attends. Après deux ou trois coups de ce truc dans la gueule, Claire te trouvera beaucoup moins charmant et les femmes moins poétique. Je vais tellement te charcuter la tronche que si tu survis tu deviendras le monstre des marais ! Tu m'entends pauvre gueux ? Tu m'entends !

Mais Jean ne l'écoutait pas, ne l'écoutait plus. En quelques foulées il escalada le tas de sel et se servit du sommet comme point d'appui pour s'envoler, bras en avant vers Michel. Celui-ci se trouva propulsé au sol tandis que Jean lui chevauchait le torse en bloquant ses avant-bras avec ses genoux. Il s'empara de la pioche tombée à leur côté et l'éjecta au loin. La tête de Michel offerte, déposée à portée de fureur, restait sans défense.

— Je n'ai pas besoin d'arme, je vais te massacrer à mains nues. Tu vois ce poing ? Il est pour toi, lui dit-il en lui assénant un premier coup sur la tempe. Tu vois celui-ci ? il est pour toi aussi ! Et celui-là, il est pour qui ? Pour toi petit veinard. Tout est pour toi, tu as tout et tu en veux toujours plus. Eh bien voilà, régale-toi !

Jean distribuait les coups avec la régularité et la puissance d'un marteau sur un clou, il utilisait des muscles que son travail dans les marais avait façonnés, conférant à ses bras une force pugilistique ravageuse. Les chocs secs devinrent des bruits flasques et poisseux à mesure que la chair se fissurait et se couvrait de sang. Dans un premier temps, Michel lui offrit en réponse des ricanements de plus en plus délirants. Puis les ricanements se transformèrent en gémissements, en longues plaintes, des borborygmes étouffés par les petites bulles roses qui fleurissaient sur les chairs déchirées de sa bouche.

— Tu vois ce front ? Tu vois ce front ? Regarde-moi dans les yeux ! Tu vois ce front ? hurla Jean en prenant de l'élan pour envoyer sa tête fracasser celle de Michel. Empoignant ses épaules pour donner plus de violence au mouvement il rabattit son torse avec souplesse et vitesse.

Il stoppa son assaut à deux centimètres de ce qui restait du visage de son adversaire. Ils se trouvèrent face contre face, les yeux dans les yeux, sang contre sang, souffle contre souffle.

— Pitié, pitié, pitié... gémit Michel.

Ses toussotements pour dégager le sang de sa trachée vinrent moucheter le visage de Jean qui se releva aussitôt, saisi de dégoût et de honte. À ses pieds, le corps inerte, le visage charcuté, Michel continuait à implorer sa clémence en geignant de douleur.

— Quel gâchis, quel gâchis... murmura Jean une dizaine de fois la gorge nouée, le souffle haché.

Il s'éloigna, les gémissements de son agresseur le hantant de leur mélopée entêtante. Avant de quitter la lotie pour s'engager sur le chemin de sortie, il se retourna et aperçut Michel qui avait réussi à se retourner sur le ventre pour ramper péniblement sur ses coudes fragiles et instables. Un tremblement prit sa source dans ses tripes en bouillonnant pour venir inonder son œsophage et exploser à la lisière de ses lèvres. Il dégueula plusieurs fois avant de se redresser, le ventre en feu, la gorge brûlée, éraflée. Il jeta un dernier regard à Michel, celui-ci s'était redressé et avançait à quatre pattes, comme une bestiole misérable.

L'aube rouge feu crépitait au travers des entrelacs boisés qui couvraient les plans d'eau de la Brière en les habillant d'écussons roses frémissants. Craquements, clapotis et froissements berçaient le terrifiant silence des sous-bois, le silence de la solitude. Assis sur un ponton vermoulu, Jean avait retrouvé la place qu'il venait occuper chaque matin, la première année de son installation dans la région. Assis sur ses talons, il fumait une cigarette en épiant les ragondins. Cet endroit, à cette heure-là, lui faisait toujours un peu peur. Il se sentait fort et courageux d'affronter les ténèbres finissantes dans cette galerie de frémissements, d'invisibles, de tableaux mouvants. Les plans d'eau à ciel libre reproduisaient les squelettes flous des arbres morts auxquels les ridules redonnaient une vie tremblante. Au premier lever de soleil, il avait réalisé à quel point la rumeur citadine pouvait être rassurante, le fracas d'un camion poubelle apportait plus de sécurité qu'un hululement de hibou. Il ne venait pas seulement dans la Brière pour la quiétude de la contemplation, il venait aussi chercher l'adrénaline nécessaire pour chasser la torpeur de son sommeil et donner à son esprit le coup de fouet que ses efforts à venir exigeaient. Il se sentait invincible après avoir affronté les croassements de quelques démons ailés et les aboiements lointains. Il puisait, dans cette beauté sinistre de bois morts, les forces pour affronter sa nouvelle vie.

À côté de sa voiture, la poubelle du parking débordait toujours de sacs éventrés donnant à celle-ci des airs de fontaine de détritus à laquelle le soleil estival de la veille avait conféré une odeur de peau de banane à la bière. Il s'était toujours demandé si les touristes avaient la conscience apaisée d'être parvenus à écraser leur sac dans ce panier de basket. Il était convaincu que les paysages les plus beaux devraient être formellement interdits aux touristes. Le tourisme rendait abjectes toutes les classes sociales, il y avait une forme d'égalité dans la médiocrité touristique. Il avait donc pris l'habitude de ramasser les déchets pour les jeter dans le coffre de sa voiture avant de s'en débarrasser dans les grands conteneurs multicolores qui avaient fleuri en périphérie des villages. Il n'aurait jamais ramassé le moindre déchet en public, il le faisait à l'abri de la pénombre pour ne pas avoir l'air d'un donneur de leçons. Il le faisait car il avait alors la certitude égoïste et matinale d'avoir fait une bonne action, d'avoir mis un peu d'ordre dans cette pagaille organisée où chacun est né.

Cette fois-ci, il n'était pas venu prendre son coup de fouet. Il l'avait pris la veille. Il n'était pas venu prendre des forces, il les avait épuisées la veille. Il n'irait pas dans ses marais aujourd'hui, il n'était pas prêt. Michel était parvenu à transformer son refuge en repoussoir, son lieu de travail en champ de bataille. Au dégoût et aux regrets qui l'avaient habité en s'éloignant des œillets et tout au long du trajet vers sa chaumière, avait succédé une colère tapissée d'angoisse qui l'avait empêché de fermer les yeux de toute la nuit. L'insomnie, et le whisky qui l'avait bercée, avaient noirci son esprit. De retour chez lui en nettoyant ses plaies, il avait redessiné celles de Michel et s'était persuadé d'avoir abandonné un invertébré au crâne rouge et dépecé. Son nez avait dégonflé, il n'était pas cassé ; sa lèvre, rouge et enflée, était seulement percée d'un petit point, son bras était couvert de croûtes et de bleus : de petites blessures de guerrier de bac à sable, les stigmates d'une chute de vélo inoffensive. Lorsqu'il était sorti de sa douche après avoir frotté vigoureusement son visage violacé, il s'était rassuré sur son cas, il n'avait presque rien, peu de traces de ce combat de chien. Mais au fil de la nuit, une paranoïa légère s'était élevée comme une brise se transforme en bourrasque, doucement, progressivement et sûrement. Dans quel état avait-il laissé Michel ? Sa riposte avait-elle été justifiée, proportionnée ? Bougeait-il vraiment lorsqu'il l'avait abandonné ? En venant dans la Brière au petit matin, il avait tenté d'écraser cette paranoïa vicieuse par une frousse réelle. Sans succès. Il n'irait pas dans ses marais, ni aujourd'hui, ni demain.

La plage Valentin grouillait d'une rumeur touristique, tous ces insectes étalaient leurs serviettes et éjectaient des giclées de sable sur celles de leurs voisins. Des enfants braillaient, des parents mettaient en garde, des retraités enfilaient leurs bonnets de bain, des adolescents complotaient, les parasols s'envolaient, les glacières allaient libérer leurs bières et leurs sandwichs au pâté ou au surimi, un bellâtre poussait son chariot de glaces en scandant des slogans gourmands et salaces. Leurs parfums sucrés se confondaient avec ceux des crèmes solaires : noix de coco, vanille, pistache. C'était l'été. C'était l'autre été. Jean chercha du regard une triplette de serviettes. Il arpenta la plage, opérant un aller le long de l'eau et un retour par le haut le long des villas de granit, en vain. Il se demandait si tout cela était bien raisonnable. Qu'avait-il à présenter à Claire, hormis des yeux gonflés, une odeur d'alcool et des états d'âme de coq déplumé. Il était venu lui faire ses adieux. Il cherchait à faire les choses dans les formes. Apparemment, les règles relationnelles n'étaient plus écrites pour lui, le cirque humain ne voulait pas de son numéro. Il s'apprêtait à tourner les talons pour rentrer lorsqu'un corps chaud se colla contre son dos en l'embrassant dans le cou.

— Tu sens la mauvaise nuit, tu aurais pu m'inviter, j'ai attendu ton appel hier, susurra Claire en collant son menton sur son épaule.

— Comment t'appeler sans numéro ?

— Je l'ai écrit sur une carte de l'hôtel que j'ai laissée en évidence sur la table de nuit.

— Pas vu, répondit-il, toujours de dos.

— Tu as une voix d'enterrement, tout va bien ?

— Tout va pour le mieux, ricana-t-il en se retournant pour l'embrasser. Tout va pour le mieux. Que dirais-tu d'un tour en barque dans la Brière ?

— Tu es romantique finalement ! Je vais m'habiller et prévenir les filles, j'arrive, s'emballa-t-elle.

« Romantique, instable et stupide », pensa-t-il en regardant Claire slalomer entre les serviettes. Sa démarche, sur la pointe des pieds, fuselait ses jambes en rendant ses fesses plus parfaites encore. Son romantisme s'adressait-il à Claire ou seulement à ses deux pommes dans leur filet blanc ? « Ses fesses », répondirent ses yeux. « Les deux », répliqua son esprit. « Quel merdier », prononcèrent ses cordes vocales embrumées de fumée de cigarette. « Je n'ai pourtant rien demandé à personne », conclut-il devant un petit garçon, qui, la bouche grande ouverte, le regardait parler tout seul. « La vie est une farce, une vilaine farce », lui annonça-t-il de sa voix abîmée en descendant ses lunettes pour découvrir ses yeux chiffonnés tandis que l'enfant se carapatait effrayé. « Au moins, il ne pourra pas dire plus tard qu'il l'ignorait, je l'aurai prévenu. »

Sa voiture plut beaucoup à Claire. Tant et si bien qu'elle meubla l'habitacle d'un monologue un tantinet euphorique auquel il se contentait de répondre par des sourires, surpris d'être à l'origine d'une telle joie. Tout lui échappait. Il avait fait vœu de solitude, il n'avait jamais été autant entouré. Il s'était mis en retrait, les gens étaient venus à lui. Il voulait vivre, parler, rire et grogner tout seul dans ses marais. Désormais, il souriait comme un niais. Il avait voulu quitter Claire, il l'emmenait canoter. Il filait vers une parfaite félicité. Au travers des ponts de branches qui ombrageaient la route, le soleil zébrait le goudron de jaune pâle, des tatouages bleu cendré et frétillants. Le ciel calme était râpé de bouloches nuageuses inoffensives. Les vaches bâillaient d'ennui dans leur pré, des volatiles invisibles pépiaient à gorges déployées, mêlant leur mélodie à celle du vent chaud qui s'engouffrait dans la voiture en souffle saccadé. Claire fredonnait, lui aussi. Du bout de ses doigts, il battait la cadence sur son volant.

— Michel va mieux ? Où est-il aujourd'hui ?
— Michel se porte comme un charme, et il est très bien où il est.
— Vous avez passé la soirée ensemble ?
— En quelque sorte.

Les petites routes briéronnes, enfoncées dans la forêt, avaient le mystère des passages secrets. Les arbres dégueulaient leur opulence verdoyante, le vent haut et constant poussait les faîtes les uns contre les autres. Les arbres communiaient entre eux, mélangeant leurs branches, échangeant leurs feuilles, partageant leurs teintes. La voiture sortit de l'ombre tiède pour entrer dans une lumière dorée. Au milieu d'une prairie s'élevait un grand arbre seul, mort et nu, carcasse noire dessinée sur l'azur. Deux longues branches faméliques et une boule de gui au sommet lui conféraient une allure de bonhomme de neige. Il ressentit une profonde tendresse pour cette carcasse isolée, comme une gémellité.

— Mais, nous allons le voir ce soir ?
— Hein ? Comment ?
— Michel, nous allons le voir ce soir ?

Jean quitta l'arbre des yeux, tourna la tête vers Claire et vit sa bouche s'ouvrir, se déchirer pour crier. Il freina comme un forcené.

Jules Kedic fut soulagé de voir débarquer ses collègues de la gendarmerie. Il ne parvenait plus, avec ses petits bras, à écarter les curieux de la scène de crime. Il parvenait encore moins, avec sa voix douce, à calmer l'hystérie de la promeneuse. Il avait honte de se dire qu'il aurait pu éviter ce moment pénible s'il avait quitté les marais un peu plus tôt. Il serait déjà chez lui, loin de ce tumulte embarrassant. Les ennuis étaient loin d'être terminés, il lui faudrait témoigner, expliquer, détailler. Il devrait certainement rester très longtemps. Compte tenu de son statut de « commissaire bicyclette », il ne serait même pas associé à l'enquête, son rôle se cantonnerait à celui de témoin quasiment lambda. Les enquêteurs lui laisseraient un rôle à la marge. Il n'aurait pas sa photo dans le journal local, pas cette fois-ci. Déjà l'équipe de gendarmerie déployait son efficacité en éloignant la petite foule avec méthode et componction. Il essaya de s'associer à l'autorité mais un de ses collègues lui conseilla d'emmener la promeneuse près des voitures pour éloigner ses pleurnicheries. Ce type le prenait pour une nounou ! Il échoua même dans cette mission, la femme tétanisée associait son visage à la découverte des pieds et refusait qu'il s'approche d'elle en bouchant ses oreilles pour ne pas l'écouter. Les phrases réconfortantes qu'il chuchotait tombaient dans le vide. « Quelle journée de merde », finit-il par bougonner.

Ses collègues réussirent à extraire le corps, tout doucement. De l'endroit où il se trouvait, l'exhumation lui avait semblé très lente. Les chevilles d'abord, puis les tibias anormalement gonflés – c'était le pantalon de la victime qui s'était retroussé et formait deux gros jambonneaux –, ensuite les genoux et les cuisses nus. Il se rassura en constatant que, dans ce terrible drame, le sort avait laissé son caleçon à la victime. Une dernière décence, bienvenue pour son ultime apparition en public. Les jambes étaient longues, le torse aussi. Il s'agissait d'un homme grand et maigre. Le corps portait une chemise, c'est du moins ce qu'il crut voir de loin. Ou peut-être l'agresseur avait-il déchiré un t-shirt en deux. Le ventre du mort était nu au milieu et recouvert d'un tissu vaseux sur les flancs. C'était une chemise finalement. Il sursauta au cri délirant de sa protégée. Elle bégayait, tremblante, le doigt tendu en direction de l'œillet sur le bord duquel ils étaient installés. Au bout de son doigt, à deux mètres, une chaussure dépassait de la boue. Contaminé par la frayeur de sa voisine, il s'imagina un autre corps à proximité du soulier. Mais un rapide coup d'œil l'éloigna de cette théorie macabre. « Quelle journée de merde », grogna-t-il à nouveau. Ne pouvant quitter la pauvre enfant, il se contenta de faire des grands signes en direction du groupe de gendarmes. Il constata, non sans fierté, qu'il était à l'origine de toutes les découvertes importantes : le corps et maintenant un indice déterminant. Visiblement son collègue ne voyait pas les choses tout à fait comme ça. Et lorsqu'il arriva sur place, il écarta Jules Kedic d'un mouvement de bras dédaigneux, pour ne pas dire méprisant. « Il suffit d'enfiler la chaussure sur le pied pour voir si elle appartient au cadavre », déclara ce dernier, très fier de sa fulgurance. Mais l'autre ne répondit même pas et lui intima l'ordre de ne rien toucher, de ne pas bouger et de faire taire, enfin, la jeune fille, si toutefois il en était capable.

Une aigrette garzette vint se poser dans le canal asséché. Elle détournait ostensiblement la tête de la scène de crime en s'exclamant de sa voix enrouée. Cette enquête ne la concernait pas, elle la dérangeait. C'était un mâle. Ceux-ci étaient légèrement plus grands que les femelles. Tout le contraire de mon couple, pensa Jules. Sa femme le dépassait d'une tête, elle était plus grande et plus intelligente aussi. « Mon chéri, parfois ta bêtise frise la gourmandise », lui arrivait-il de dire affectueusement. Elle le traitait de cervelle de moineau, il l'appelait mon ibis sacré, car elle avait un nez immense et fin qui ne semblait pas vouloir s'arrêter et elle était toujours débraillée, comme ces gros oiseaux aux plumes mal lissées. « J'aurais dû être journaliste animalier, on m'aurait certainement pris au sérieux », conclut-il.

Après avoir constaté que le propriétaire des marais, sis au bout de l'impasse du marais au Roy, n'était pas dans les parages, le commissaire demanda à voir les paludiers des exploitations limitrophes pour les interroger. Trois d'entre eux se trouvaient déjà dans le groupe de curieux. Ils furent interrogés. Ils connaissaient peu ce Jean quelque chose, un type discret apparemment, pour ne pas dire secret, ni gentil, ni méchant, plutôt poli mais pas bavard et très indépendant. L'un d'entre eux affirma que la veille il avait entendu des hurlements en fin de journée. Des éclats de voix masculines qui avaient duré moins d'une dizaine de minutes, mais les talus qui séparaient les marais ne lui avaient pas permis de découvrir l'origine des cris. Il ajouta : « C'est le début de la récolte de la fleur et j'ai mieux à faire que la commère. »

Le corps était désormais totalement sorti de la vase et étendu sur le chemin, dans une civière. Hormis les pieds secs et gris, le reste du corps était luisant, brillant, plutôt marron clair. De loin, Jules Kedic remarqua que la tête ne semblait pas si gonflée que ça. Le cadavre avait encore un visage humain, bien que légèrement lardé par endroits. Le brigadier demanda aux paludiers s'ils reconnaissaient le propriétaire des marais sous ce masque de glaise. Ils furent catégoriques, il ne s'agissait pas du dénommé Jean. « Si ce n'est pas la victime, peut-être est-ce le meurtrier », déclara l'officier avec gravité.

Jules Kedic se retourna pour voir où en était sa protégée. Elle avait disparu. En passant dix minutes le dos tourné, sur la pointe des pieds pour observer la scène du crime et le manège des témoignages, il avait laissé filer le seul véritable témoin. Penaud, une enclume de remords pesant sur ses épaules de moineau, il s'approcha de son supérieur pour confesser cette faute professionnelle mais celui-ci téléphonait au préfet. Il patienta les mains derrière le dos, comme un enfant fautif. En regardant le cadavre à ses pieds, il eut une nouvelle fulgurance.

Le corps fut enveloppé dans une housse, hissé dans une fourgonnette et disparut dans le claquement de la portière. La foule se dispersa par chapelets sur les chemins des marais, sis impasse du marais au Roy. Le ciel était rose, un long trait jaune longeait l'horizon. Il s'estompa, ce jour était fini.

Un pacte de sel

Après les fortifications de la ville de Guérande, poursuivons cette semaine notre série de l'été avec les marais salants

Amicitia pactum salis dit un proverbe médiéval. « L'amitié est un pacte de sel », c'est-à-dire que l'amitié est durable, voire éternelle, comme le sel. Ce sel que notre belle presqu'île guérandaise offre à celui qui sait l'exploiter, à ce paludier qui, depuis des siècles s'inscrit dans le paysage de notre région, qu'il façonne aussi, de tout son savoir.

Patrimoine incomparable, les marais salants ont suscité l'intérêt des plus illustres de nos écrivains. Victor Hugo a chanté leur beauté, Alexandre Dumas fait acheter quelques salines à d'Artagnan dans *Le Vicomte de Bragelonne*, quant à Balzac, il considère que « toute grande âme sera saisie par les beautés spéciales du paysage ».

Les premiers marais salants furent tracés à partir de l'an 945 par les moines bénédictins de l'Abbaye de Landévennec installés au prieuré de Bourg de Batz. Aujourd'hui, les salines s'étendent sur neuf communes et se déploient sur plus de cinquante-deux kilomètres carrés, même si, et on ne peut que le déplorer, le nombre d'œillets exploités a bien diminué depuis le siècle dernier : sur les 33 000 qu'il y avait en 1850, il n'en restait plus que 6 000 en 1995. Les modes de conservation réfrigérée qui se sont développés depuis cette époque et la concurrence des mines de sel et du sel de Méditerranée expliquent en grande partie cette désaffection. On a frôlé la catastrophe à la fin des années 60 quand un projet immobilier pharaonique a bien failli faire disparaître ce patrimoine naturel et culturel inestimable. En effet, la construction d'un port de plaisance couplé au tracé d'une quatre voies destinée à desservir la station balnéaire de La Baule aurait pu rayer d'un coup les marais salants de la carte. Heureusement, grâce à l'action et l'engagement de toute une génération de paludiers, les promoteurs durent renoncer. Ouf. Sans leur intervention salutaire, la presqu'île de Guérande aurait vu disparaître sa merveilleuse flore et son incroyable faune : adieu avocette élégante, héron cendré, mouette rieuse, gorgebleue, sterne pierregarin, linotte mélodieuse, et autre mésange à moustache. La presqu'île se serait ainsi privée de cette réputation réservée à sa fleur de sel, sur les meilleures tables du monde, de Tokyo à New York. Avouez que cela aurait été dommage.

Les marais en quelques chiffres :
- 200 paludiers.
- 500 saisonniers chaque été.
- Environ 15 000 tonnes de sel récoltées par an.
- 18,9 millions d'euros de chiffre d'affaires en 2013 dont 17 % à l'export.

La semaine prochaine nous évoquerons La Baule dont Sacha Guitry disait : « Je ne sais pas quand je mourrai, / Si j'aurais très envie d'un saule, / Mais du moins tant que je vivrai, / C'est sous les grands pins de La Baule / Que j'aimerais passer ma vie ».

— Monsieur, je viens d'avoir le garage, votre voiture sera là dans une demi-heure, un voiturier est allé la chercher.

— Ah très bien, merci, répondit Michel en pliant le journal.

Il reconnut le jeune homme de l'accueil qu'il avait rabroué sans ménagement quelques jours plus tôt.

— Vous ne me demandez pas ce qu'il m'est arrivé cette fois-ci ?

— Non Monsieur, cela ne me regarde pas. La dernière fois, j'ai failli à mon devoir de discrétion, je vous prie de bien vouloir accepter mes excuses.

— Ne vous en faites pas. J'ai eu des vacances assez mouvementées et je comprends que mon visage ait parfois attisé votre curiosité.

— Monsieur a présenté des aspects peu communs, c'est vrai. Habituellement, les clients de l'hôtel offrent des visages plutôt apaisés par les thalassos et le champagne rosé.

— Pourtant, je vous le dis. J'ai reçu une correction bien méritée. Je me suis comporté comme un crétin et j'ai récolté ce que je méritais. L'étendue de ma bêtise se voit dans la multitude de mes cicatrices.

— Si Monsieur est satisfait, c'est l'essentiel, répondit le jeune homme, un peu mal à l'aise devant ces confessions. Monsieur désire quelque chose pour patienter ?

— Oui, s'il vous plaît. Apportez-moi un double expresso, j'ai beaucoup de route.

À l'ombre de la tonnelle, sur la terrasse, Michel pouvait voir la brume matinale flouter la marée descendante sur la plage Benoît. Il était très tôt et pourtant des silhouettes accaparaient déjà des petites parcelles de plage, étendant leur barda comme autant de frontières contre l'assaut des futurs envahisseurs en caleçons fleuris. À cette période de l'année, l'espace était précieux. Tout le monde voulait sa place sous le bleu et sur le jaune. C'était le droit élémentaire du vacancier.

Pour lui les vacances s'achevaient. Lorsqu'il était sorti de l'hôpital son portable avait affiché trois messages quand il l'avait rallumé. Le premier indiquait que sa Pursche était prête, le second que les travaux de son appartement étaient terminés. Le troisième provenait d'un agent immobilier parisien qui lui avait dégotté un petit hôtel particulier délabré situé dans un quartier prisé. L'agent immobilier avait laissé un luxe de détails sur sa messagerie et Michel n'avait pu refréner un large sourire qui lui avait tiré un gémissement. Le médecin lui avait pourtant dit de ne pas trop sourire tant que les points de suture n'étaient pas enlevés. Mais sur le perron de l'hôpital, après une soirée, une nuit, une journée, une autre nuit dans une chambre déprimante sans pouvoir fumer, il avait allumé une cigarette en présentant son profil aux rayons brûlants et avait été pris d'un fou rire délirant qui avait maltraité ses deux côtes fêlées. Le bilan de ses vacances était délicieusement désastreux. Jean avait modifié son apparence en modelant de ses poings tous les angles de sa gueule. Quatre points de suture près de la commissure gauche de sa lèvre inférieure, deux sur sa lèvre droite supérieure. Trois petites fleurs de fil ornaient son arcade gauche, soulignée par un violet bleuissant des plus printaniers. Le paludier avait des poings en bois. Jean avait frappé si fort que le médecin avait décidé de garder Michel plus longtemps pour s'assurer qu'il ne souffrait pas d'un traumatisme crânien. Il n'en était rien. S'il souffrait atrocement de quelque chose, c'était d'une culpabilité accablante. Il se sentait si minable. Jean avait prononcé plusieurs fois le mot gâchis avant de l'abandonner et Michel déplorait que ce mot soit si faible pour définir ce qu'il avait fait. Il était impardonnable. Sur son lit d'hôpital, il avait décrété qu'il ne chercherait pas à se faire pardonner. C'était trop tard, trop violent, trop stupide, irréversible. Dans le taxi qui l'avait ramené à l'hôtel, il avait tenté de chasser ses pensées désolantes en calculant le prix au mètre carré de son futur hôtel particulier. Il était soulagé de revenir au prix du mètre carré, ce calcul fiable et réconfortant, ce calcul plus infaillible que les rapports humains.

Il retourna le journal sur la table, il s'agissait de la gazette locale, *L'Écho de la Presqu'Île*. En une, le titre principal annonçait une augmentation sans précédent des impôts sur les classes moyennes. Il n'en faisait plus partie, sa classe à lui, sa nouvelle classe, subissait déjà cette hausse depuis longtemps. Il tourna la page, un cruciverbiste cleptomane avait subtilisé le volet central, laissant face à face les faits divers locaux et les informations économiques.

— Oh mon Dieu ! Quelle horreur ! s'exclama-t-il.

Un articulet avait attiré tout particulièrement son attention. Dans le coin, en haut à gauche, celui-ci annonçait une flambée, spoliatrice à ses yeux, des taxes sur le montant des plus-values immobilières dès le premier janvier de l'année suivante. Il s'agissait d'une attaque en règle contre sa profession. Il parcourut la page locale en ruminant son aigreur. Un corps avait été retrouvé dans les marais salants. Il s'agissait d'un règlement de compte entre dealers de Saint-Nazaire. Le statut portuaire de la ville l'exposait aux trafics, relatait l'article, qui était illustré par la photo, très sombre, d'un gendarme dont la légende indiquait qu'il s'appelait Jules Kedic.

> Lorsque j'ai vu le visage de la victime, je l'ai immédiatement reconnu, il s'agissait d'un petit délinquant que j'ai souvent arrêté pour vol de scooters et de mobylettes. Quel désastre, il n'était pourtant pas méchant, il a mal tourné. J'ai une pensée émue pour ses parents que j'ai rencontrés plusieurs fois, ils étaient dépassés à l'époque, ils doivent être dévastés aujourd'hui.

En bas de page s'étalait une réclame de l'office du tourisme : une photo féerique des marais salants au coucher du soleil, avec ce slogan : « *La presqu'île guérandaise, terre de caractère, territoire de contraste* ». Il sourit à nouveau en marmonnant : « C'est peu de le dire, en effet. »

Sur le côté, la chandelle mentionnait un fait divers :

> Brière : l'alcool en cause dans le dramatique accident mortel entre deux voitures sur une route départementale, deux morts et un blessé dans le coma. On en sait un peu plus sur les circonstances de l'accident mortel qui a coûté la vie à deux personnes avant-hier vers 11 h 30 du matin sur la commune de Saint-Lyphard. Les premières analyses de sang ont ainsi révélé que l'un des conducteurs présentait un important taux d'alcoolémie.

— Comme les impôts, la mortalité routière est en nette augmentation cette année, commenta Michel à voix basse en se félicitant finalement de n'être victime que de la première.

« Même si j'achète l'hôtel particulier maintenant, je ne vais jamais pouvoir le revendre avant le premier janvier. Les délais sont trop courts. Je suis foutu », conclut-il en refermant le journal avec agacement.

L'air était délicieux, la lumière matinale et claire qui perçait les branchages des grands pins était parfaite. À ses pieds, le ballet des automobiles de luxe dans l'allée du palace le fit frissonner d'aise. Il vit la sienne s'engager sur le gravier, le crissement doux et lent des pneus larges le fit sourire à nouveau puis grimacer de douleur. « Vivement que je cicatrise », pensa-t-il. Le garagiste avait nettoyé sa Pursche. Elle était rutilante. Le voiturier en sortit, grimpa les marches avec légèreté et lui tendit les clefs avec un sourire digne d'une publicité. Michel inspira lentement et sourit intérieurement cette fois-ci. Sa vie était belle, il l'avait méritée.

Il décida de faire un détour. Il voulait passer devant les marais. Il voulait photographier visuellement cet endroit une dernière fois. Arrivé sur place, il ne s'était pas engagé dans l'impasse du marais au Roy, il avait roulé au ralenti. Au fond, l'emplacement de la voiture de Jean était vide. Le paludier était absent aujourd'hui, peut-être se baignait-il plage Valentin. Il accéléra en appuyant sur le bouton de l'autoradio. La voix planante du chanteur de Radiohead emplit l'habitacle. Il psalmodiait les paroles de *Reckoner* en traînant sa mélodie entêtante. Michel fredonna et déplora aussitôt que la chanson se termine aussi vite. Il éteignit la radio pour conserver l'air en tête en le poursuivant avec des chuchotements, rythmant la musique disparue en tapotant le volant avec ses doigts. Ce sentiment d'inachevé se prolongea dans son esprit. Au fond de lui, il déplorait surtout que sa relation avec Jean se soit évanouie aussi brutalement. La langueur de ce morceau mélancolique et de ses paroles poétiques épousait à merveille le relief des marais qui défilaient. « Cette musique est vraiment parfaite pour la cueillette de la fleur de sel », songea-t-il.

L'agent immobilier lui avait parlé d'un immense grenier « non exploité ». Peut-être allait-il le transformer en salle de sport ou de cinéma, ou encore en suite parentale. Tout dépendait de la hauteur sous plafond. Deux échassiers passèrent au-dessus de son pare-brise, un vol lent, un vol ample et élégant. Jean connaissait certainement cette espèce. Il aurait sans doute pu lui dire le nom de ces deux points noirs qui filaient vers un nuage blanc. Michel décida de revenir l'année suivante. Une réconciliation était envisageable, souhaitable, certaine même.

DU MÊME AUTEUR

Aux Éditions Finitude

EN ATTENDANT BOJANGLES, 2016 (Folio n° 6308), prix France Télévisions 2016, Grand Prix RTL-*Lire* 2016, prix du Roman des étudiants France Culture-*Télérama* 2016, prix Emmanuel Roblès, prix de l'Académie de Bretagne, prix Hugues Rebell.

PACTUM SALIS, 2018 (Folio n° 6628).

Aux Éditions Gallimard

Dans la collection « Écoutez-Lire »

EN ATTENDANT BOJANGLES, 1 CD.
PACTUM SALIS, 1 CD.

COLLECTION FOLIO

Dernières parutions

6488. Joseph Kessel — *Première Guerre mondiale*
6489. Gilles Leroy — *Dans les westerns*
6490. Arto Paasilinna — *Le dentier du maréchal, madame Volotinen et autres curiosités*
6491. Marie Sizun — *La gouvernante suédoise*
6492. Leïla Slimani — *Chanson douce*
6493. Jean-Jacques Rousseau — *Lettres sur la botanique*
6494. Giovanni Verga — *La Louve et autres récits de Sicile*
6495. Raymond Chandler — *Déniche la fille*
6496. Jack London — *Une femme de cran et autres nouvelles*
6497. Vassilis Alexakis — *La clarinette*
6498. Christian Bobin — *Noireclaire*
6499. Jessie Burton — *Les filles au lion*
6500. John Green — *La face cachée de Margo*
6501. Douglas Coupland — *Toutes les familles sont psychotiques*
6502. Elitza Gueorguieva — *Les cosmonautes ne font que passer*
6503. Susan Minot — *Trente filles*
6504. Pierre-Etienne Musson — *Un si joli mois d'août*
6505. Amos Oz — *Judas*
6506. Jean-François Roseau — *La chute d'Icare*
6507. Jean-Marie Rouart — *Une jeunesse perdue*
6508. Nina Yargekov — *Double nationalité*
6509. Fawzia Zouari — *Le corps de ma mère*
6510. Virginia Woolf — *Orlando*
6511. François Bégaudeau — *Molécules*
6512. Élisa Shua Dusapin — *Hiver à Sokcho*

6513.	Hubert Haddad	*Corps désirable*
6514.	Nathan Hill	*Les fantômes du vieux pays*
6515.	Marcus Malte	*Le garçon*
6516.	Yasmina Reza	*Babylone*
6517.	Jón Kalman Stefánsson	*À la mesure de l'univers*
6518.	Fabienne Thomas	*L'enfant roman*
6519.	Aurélien Bellanger	*Le Grand Paris*
6520.	Raphaël Haroche	*Retourner à la mer*
6521.	Angela Huth	*La vie rêvée de Virginia Fly*
6522.	Marco Magini	*Comme si j'étais seul*
6523.	Akira Mizubayashi	*Un amour de Mille-Ans*
6524.	Valérie Mréjen	*Troisième Personne*
6525.	Pascal Quignard	*Les Larmes*
6526.	Jean-Christophe Rufin	*Le tour du monde du roi Zibeline*
6527.	Zeruya Shalev	*Douleur*
6528.	Michel Déon	*Un citron de Limone* suivi d'*Oublie...*
6529.	Pierre Raufast	*La baleine thébaïde*
6530.	François Garde	*Petit éloge de l'outre-mer*
6531.	Didier Pourquery	*Petit éloge du jazz*
6532.	Patti Smith	*« Rien que des gamins ». Extraits de Just Kids*
6533.	Anthony Trollope	*Le Directeur*
6534.	Laura Alcoba	*La danse de l'araignée*
6535.	Pierric Bailly	*L'homme des bois*
6536.	Michel Canesi et Jamil Rahmani	*Alger sans Mozart*
6537.	Philippe Djian	*Marlène*
6538.	Nicolas Fargues et Iegor Gran	*Écrire à l'élastique*
6539.	Stéphanie Kalfon	*Les parapluies d'Erik Satie*
6540.	Vénus Khoury-Ghata	*L'adieu à la femme rouge*
6541.	Philippe Labro	*Ma mère, cette inconnue*
6542.	Hisham Matar	*La terre qui les sépare*
6543.	Ludovic Roubaudi	*Camille et Merveille*
6544.	Elena Ferrante	*L'amie prodigieuse (série tv)*

6545. Philippe Sollers	*Beauté*
6546. Barack Obama	*Discours choisis*
6547. René Descartes	*Correspondance avec Élisabeth de Bohême et Christine de Suède*
6548. Dante	*Je cherchais ma consolation sur la terre...*
6549. Olympe de Gouges	*Lettre au peuple et autres textes*
6550. Saint François de Sales	*De la modestie et autres entretiens spirituels*
6551. Tchouang-tseu	*Joie suprême et autres textes*
6552. Sawako Ariyoshi	*Les dames de Kimoto*
6553. Salim Bachi	*Dieu, Allah, moi et les autres*
6554. Italo Calvino	*La route de San Giovanni*
6555. Italo Calvino	*Leçons américaines*
6556. Denis Diderot	*Histoire de Mme de La Pommeraye* précédé de l'essai *Sur les femmes.*
6557. Amandine Dhée	*La femme brouillon*
6558. Pierre Jourde	*Winter is coming*
6559. Philippe Le Guillou	*Novembre*
6560. François Mitterrand	*Lettres à Anne. 1962-1995. Choix*
6561. Pénélope Bagieu	*Culottées Livre I – Partie 1. Des femmes qui ne font que ce qu'elles veulent*
6562. Pénélope Bagieu	*Culottées Livre I – Partie 2. Des femmes qui ne font que ce qu'elles veulent*
6563. Jean Giono	*Refus d'obéissance*
6564. Ivan Tourguéniev	*Les Eaux tranquilles*
6565. Victor Hugo	*William Shakespeare*
6566. Collectif	*Déclaration universelle des droits de l'homme*
6567. Collectif	*Bonne année ! 10 réveillons littéraires*

Composition : Nord Compo
Impression Novoprint
à Barcelone, le 25 février 2019
Dépôt légal : février 2019

ISBN 978-2-07-278579-5./ Imprimé en Espagne.

332503